Jonny Groove

ESSIAMONOI
(O NO?)

ESSIAMONOI
(O NO?)

Autore:
Giovanni Vernia, Paolo Uzzi

Copyright © 2009
Kowalski – Apogeo s.r.l.
Socio Unico Giangiacomo Feltrinelli Editore s.r.l.
Via Natale Battaglia 12, 20127 Milano (Italia)
Telefono: 02 289981 – Fax: 02 28998327
email: info@kowalskieditore.it – www.kowalski.it

ISBN 978-88-7496-779-7

Illustrazioni:
Alessandro Perina

Copertina:
segnoruvido.comunicazionivisive

L'editore, fatto quanto possibile per rintracciare
i detentori dei diritti sulle immagini di questo libro,
rimane a loro disposizione.

Finito di stampare nel mese di ottobre 2009
presso L.E.G.O. S.p.A. – Stabilimento di Lavis (TN)

razzismobruttastoria.net

1.

Start REC. Caso 2009 – "JONNY GROOVE"
Parla Giovanni Vernia.

GIOVANNI – Nuooo... disastro!
È la prima cosa che avrò pensato quando sono nato e, voltandomi dall'altra parte, ho visto che avevo un fratello gemello come lui.
Lui sarebbe Jonny Groove, mio fratello appunto.
Ho pianto per sei giorni di fila nell'incubatrice, anche perché mio fratello piangeva già a ritmo di house: "Uaa-a-a-a-a... uaa-a-a-a" e non riuscivo a dormire. La notte è fatta per dormire, mi capisce dottoressa?

DOTTORESSA – Certo, vada avanti ingegnere.

GIOVANNI – Mi dia del tu dottoressa, mi chiami Giovanni.

DOTTORESSA – Va bene, Giovanni.

GIOVANNI – Dicevo... che mio fratello Jonny fosse strano i miei genitori lo capirono da subito, perché era l'unico bambino

5

nell'incubatrice che smetteva di piangere se gli accendevano la lampada.

Dormiva di giorno e si svegliava di notte.

DOTTORESSA – Certo, tutti i bambini lo fanno.

GIOVANNI – Sì, ma non si mettono a ballare nella culla di fronte alle api. La mia tragedia è durata diciotto anni, quelli passati insieme a scuola, in gita, facendo sport, uscendo la sera: è il dramma dei gemelli, devono vivere tutto insieme solo perché sono gemelli. Vado troppo veloce dottoressa?

DOTTORESSA – No, Giovanni, tranquillo non preoccuparti, sto registrando tutto come al solito, vai avanti.

GIOVANNI – Abitavamo a Milano, sopra a un locale che si chiama Gilez, aveva la musica alta fino a tarda notte così dopo tre anni di proteste l'abbiamo fatto chiudere. Il problema però sono stati proprio quei tre anni.

DOTTORESSA – Perché, Giovanni? Cosa è successo?

GIOVANNI – Mio fratello era così attratto da quella musica che una notte citofonarono alle due e ci chiesero: "È vostro il bambino che cammina a carponi sulla pista?"

Mio padre andò a prenderlo e lo trovò su un cubo con gli occhiali bianchi di mia madre, aveva solo due anni. Mio padre uscì dal Gilez con mio fratello in braccio e una tessera vip che gli avevano regalato i proprietari, mentre Jonny cantava: "Uaaaa... uaaaa... uaaaa".

DOTTORESSA – Hai portato qualche foto della vostra infanzia?

GIOVANNI – Sì, ecco.

DOTTORESSA – Ottimo. Cominciamo da questa, cos'è?

GIOVANNI – Ecco dove è nato tutto, eravamo in vacanza in montagna, Jonny aveva quattro anni, come al solito stava ballando e suonando, poi ha visto una mucca ed è rimasto a fissarla per tutto il giorno. Quando mio padre è andato a prenderlo per tornare in albergo lui ha guardato la mucca, ha alzato il tamburello e le ha detto:
"Ti stimo fratella".

7

Da lì in poi è diventato irrecuperabile.
Questa invece è la foto della prima elementare,
non credo che sia necessario specificare chi di questi sia Jonny.

Ricordo che la maestra chiamò i miei perché Jonny
non entrava in classe e se ne stava seduto fuori:
pensavano al classico shock da prima elementare,
invece aveva scambiato la bidella per la maestra.

DOTTORESSA – E la bidella non gli diceva niente?

GIOVANNI – No, perché in realtà la bidella era la statua
della fondatrice della scuola.

DOTTORESSA – E rimaneva impalato davanti a una statua?

GIOVANNI – Non solo, si arrabbiava perché le faceva le
domande e lei non rispondeva.

DOTTORESSA – Cosa sono queste? Le vostre pagelle a
confronto?

MATERIE DI STUDIO	GIOVANNI VERNIA	Jonny
Lingua italiana	*ottimo*	disastro
Aritmetica e geometria . . .	*buono*	disastro
Storia e geografia	*ottimo*	disastro
Scienze	*ottimo*	disastro
Educazione fisica	*sufficiente*	spettacolo
Disegno	*sufficiente*	numero uno
Recitazione e canto	*sufficiente*	cintura nera
Religione	*buono*	astemio
Condotta	*ottimo*	preeesa

GIOVANNI – Sì, la cosa strana è che io andavo meno bene nelle materie in cui lui eccelleva… siamo proprio diversi!

DOTTORESSA – Ma i voti li scrivevano così?

GIOVANNI – No, era lui che li modificava.
La cosa più assurda è che da quel momento in poi i giudizi per le valutazioni sono rimasti così, io all'esame di quinta elementare ho preso "cintura nera"!

9

Questi invece sono due disegni, è facile capire quale sia quello di Jonny.

Li avevamo dedicati alla bimba del primo banco, ci piaceva a tutti e due.

DOTTORESSA – Davvero? Ti andrebbe di descriverla?

GIOVANNI – Di nuovo? Ma gliel'ho già descritta.

DOTTORESSA – Lo so, ma è importante.

GIOVANNI – Beh, era molto carina, mulatta, aveva un paio di occhialini bianchi perché era miope ed era mancina. Mi ricordo che si sporcava sempre il grembiulino con l'inchiostro, io ogni giorno le facevo trovare sotto il banco un Ferrero Rocher, ma non mi ha mai detto niente.

DOTTORESSA – Vi siete fidanzati?

GIOVANNI – No mai, anzi un giorno ha chiesto di cambiare sezione.

DOTTORESSA – Adesso ti faccio sentire la registrazione di come l'ha descritta tuo fratello.

▸ *Play*

DOTTORESSA – Tuo fratello mi ha detto che vi piaceva una bambina in prima elementare, se non mi sbaglio era mulatta.

JONNY – Ma che dici? Si chiamava Francesca, mio fratello è fuori!

DOTTORESSA – Mulatta per la pelle.

JONNY – No, eravamo amici normali, non per la pelle… comunque era una tipa strana, si faceva i disegni sul grembiulicchio… però mi piaceva perché era sempre bella abbronzata… si vede che si faceva un sacco di lampade…

DOTTORESSA – Non era scura per le lampade.

JONNY – Nuooo! Ora ho capito… usava l'autoabbronzante! Comunque fratella, lo spettacolo di questa ragazza era che scriveva al contrario!

DOTTORESSA – Era mancina?

JONNY – No no, di Milano… e poi aveva degli occhiali bianchi che spaccavano fratella! Oh! Ogni giorno da sotto

11

al banco gli fregavo un Ferrari Ròcker, un gian-
duiello troppo buono... e non se n'è mai accorta!
Ih ih ih!

DOTTORESSA – Vi siete fidanzati?

JONNY – No anzi, un giorno ha chiesto di essere messa
in un'altra lista. E la invitavo pure sempre alle mie
feste di compleanno! Questo era l'invito:

■ *Stop*

GIOVANNI – Non mi stupisce, anzi questo è il minimo,
si prepari a cose più sconvolgenti.

DOTTORESSA – Tu Giovanni sei sposato?

GIOVANNI – Ancora no, sono fidanzato.

DOTTORESSA – Ti va di parlarmi della tua ragazza?

GIOVANNI – Certo, si chiama Gionnéth, è francese.

DOTTORESSA – Davvero?

GIOVANNI – Sì, è una ragazza molto seria, di quelle che non si concedono facilmente.

DOTTORESSA – Di quelle che aspettano la prima notte di nozze, per intenderci.

GIOVANNI – Esattamente. Ma sono comunque molto contento, è interessante portare avanti un rapporto dove il sesso è il raggiungimento di un percorso comune che porterà a suggellare anche un'unione spirituale.

DOTTORESSA – Ma che significa?

GIOVANNI – Non lo so, ma è quello che mi dice lei ogni volta che ci provo. Anche se ci provo veramente poco perché per colpa dei miei impegni riesco a vederla solo la sera.

DOTTORESSA – Scusa se ti interrompo, cos'è questa busta che mi hai portato?

GIOVANNI – Il motivo per cui mi hanno bocciato al quinto anno di pianoforte: la commissione mi ha cacciato dall'aula. Mio fratello la sera prima mi ha aperto lo zaino di nascosto e ha fatto quello che vedrà.

DOTTORESSA – Lo apro.

GIOVANNI – Lo deve aprire.

13

GIOVANNI – Guardi che disastro!
DOTTORESSA – In effetti… e quest'altro?

GIOVANNI – Mozart per lui è Dj Mozart! Capisce il mio tormento? La mia tragedia quotidiana?

Io vivo quotidianamente con questo dissociato! Lo capisce dottoressa?

Io non posso continuare così, lei mi comprende vero?

Mi capisce dottoressa o nemmeno lei?

DOTTORESSA – Sì, Giovanni, stai tranquillo e siediti di nuovo sulla poltrona. Io ti capisco, tranquillo. Raccontami ancora qualcosa di te.

GIOVANNI – Beh, io sono la parte sana... sono sempre stato molto bravo a scuola e per questo ho sempre studiato senza mai concedermi troppi vizi.

Sono sempre stato fortemente convinto che studiare aiuta ad avere una buona posizione sociale e a mantenere una propria identità ben precisa. Soprattutto al giorno d'oggi, quando ormai gli americani ci omologano tutti. Vede mio fratello Jonny?

Lui è l'esempio di un ragazzo rovinato dalla musica house, americana, dai modi di dire, americani, dai modi di fare, americani, io invece mi sono laureato in economia col massimo dei voti, un master in business administration e da ben due anni lavoro per una grandissima azienda... americana.

DOTTORESSA – Interessante. Di cosa ti occupi?

GIOVANNI – Mi occupo di Internet marketing strategies developement.

DOTTORESSA – Cioè?

15

GIOVANNI – Cioè da due anni io... non so che lavoro faccio. La sola cosa che so è che non ci sono altri italiani. Tutti i miei colleghi sono americani e almeno due volte all'anno mi tocca andare in America.

DOTTORESSA – Peccato che questo tema non possiamo approfondirlo adesso, il nostro tempo per oggi è terminato. Ci rivediamo la prossima settimana.

GIOVANNI – No, purtroppo la prossima settimana non ci sarò, devo andare, per l'appunto, negli Stati Uniti, ho cercato di ritardare il più possibile la partenza ma i miei colleghi mi aspettano da più di tre mesi.

DOTTORESSA – Come mai? Non ti piace andare in America? Io ho sempre desiderato andarci, ti invidio tantissimo!

GIOVANNI – Forse allora non ha capito bene di cosa si tratta: io non vado a New York a fare shopping, o in Florida a Disneyworld, o a Miami a prendere il sole sulle belle spiagge... Io vado a Portland!

DOTTORESSA – Non la conosco proprio, dov'è Portland?

GIOVANNI – Ecco, appunto. Non lo sa nessuno. Nemmeno il pilota dell'aereo. L'altra volta prima di decollare l'aereo è andato dritto, poi ha preso la prima a destra, poi è tornato indietro e poi a sinistra... a un certo punto il pilota ha abbassato il finestrino e ha chiesto a un portantino: "Mi scusi, per Portland?"

DOTTORESSA – Va bene, allora mandami una cartolina così sapremo dov'è Portland… e se vuoi porta ancora qualche foto della vostra infanzia così ripercorriamo meglio tutta la storia.
Ci vediamo tra due settimane.

2.

Start REC. Caso 2009 – "JONNY GROOVE"
Parla Jonny Groove.

DOTTORESSA – Prego Jonny, siediti pure e rilassati. Cosa hai fatto ieri? Ti vedo un po' assente. Jonny? Jonny, mi senti? Jonnyyy!

JONNY – Ah... scusa fratella, avevo le cuffie, mi hai chiesto qualcosa?

DOTTORESSA – Ti avevo chiesto cos'hai fatto ieri...

JONNY – Sono stato a ballare fratella!

DOTTORESSA – Tanto per cambiare! Mi racconti la prima volta che sei andato a ballare?

JONNY – La mia prima volta a ballare al Gilez fratella... è stata un po' di anni fa che ora non mi ricordo quanti sono però mi sembra che sono tanti sennò me li ricordavo quanti erano...

DOTTORESSA – Non fa una piega...

JONNY – E certo, fratella... è elasticizzata!

DOTTORESSA – Cosa?

JONNY – La maglietta, fratella! Perché per

comprare una maglietta OOH non basta avere il fisico...

DOTTORESSA – Sì lo so: ci vuole il cervello!

JONNY – Nuooo! Come fai a saperlo! Ma sei cintura nera di indovinelli fratella! Vabbè... dimmi dimmi...

DOTTORESSA – Cosa?

JONNY – Quello che mi stavi dicendo!

DOTTORESSA – Tu stavi parlando!

JONNY – Di cosa?

DOTTORESSA – Di quando sei andato a ballare la prima volta!

JONNY – Ah sì. Scusa fratella, ti stimo. Dunque allora... la prima volta che sono andato al Gilez... non mi hanno fatto entrare. Così sai cosa ho fatto?

DOTTORESSA – No.

JONNY – Ci sono riandato. E non mi hanno fatto entrare di nuovo... Così sono tornato ancora, però stavolta avevo un gancio con il capo dei buttafuori.

DOTTORESSA – Finalmente!

JONNY – Sì sì, c'era una festa superpettinata, supervip, mi avevano detto che il boss si chiamava Frankie! Così salto la coda... vado dritto dal buttafuori... sguardo sicuro e gli faccio:
"Oh! Fratello! Mi chiami Frankie?"
E lui: "Chi sei?"
"Sono un suo amico... io e Frankie siamo così! Fratelli..."
Lui mi guarda e mi fa: "Sono io, Frankie!"
Oh! Mi ha preso subito in simpatia...

Diceva a tutti: "Lui sta con me". Sono rimasto tutta la notte fuori con lui!

DOTTORESSA – Jonny, ma sei mai entrato al Gilez?

JONNY – No! Eh eh... così un giorno ho deciso: vado a Ibiza! Il paradiso delle discoteche! E io sono l'angelo che vola sui cubi!

DOTTORESSA – Wow, Jonny! Hai fatto una metafora!

JONNY – Chi, io? Non mi permetterei mai! Sono una persona educata.

DOTTORESSA – Ma che hai capito! Una similitudine!

JONNY – No, fratella ho capito benissimo, se devo fare quelle cose le faccio quando sono da solo!

DOTTORESSA – Vabbè... mi è piaciuta la frase "l'angelo che vola sui cubi".

JONNY – Sì, però un male quando atterro sugli spigoli! Oh comunque spettacolo! Aereo... arrivo lì... caldo assurdo... tutti vestiti con dei vestiti bianchi... la sabbia... le palme... spettacolo!

DOTTORESSA – Jonny, sei sicuro che eri a Ibiza?

JONNY – No. Avevo sbagliato aereo, ero andato a Dubai.

DOTTORESSA – Ma com'è possibile?

JONNY – Eh... non è facile... all'aeroporto mi confondo... Gate 18... Check In 24... Toast 1,90... Prima cosa: io manco lo so il francese. Seconda cosa: con tutti quei numeri mi confondo. Terza cosa: è che in entrambe delle tre cose mi confondo. Così ci sono andato in treno!

DOTTORESSA – E ce l'hai fatta?

JONNY – Sì... Dubai-Ibiza diciotto giorni di viaggio!

21

DOTTORESSA – Nemmeno Marco Polo.

JONNY – No grazie, mi piace la liquirizia. Arrivo lì, l'aereo atterra, e subito sono andato all'Amnesia: Festa Della Schiuma!

DOTTORESSA – Ahhh, Espuma Party!

JONNY – No no... della schiuma. Vai in discoteca alle quattro di notte. Entri subito e dentro delirio! Musica house che spacca. Tutta la notte. Poi alle sei del mattino tirano fuori dei cannoni giganti e cominciano a sparare quintali di una cosa bianca tutta profumata tipo quando ti fai il bagno.

DOTTORESSA – La schiuma.

JONNY – Nuooo! Ecco perché si chiama festa della schiuma! Ma sei la numero uno fratella! Spettacolo! Tu nuoti nella schiuma e poi balli nella schiuma e si conosce un sacco di gente.

DOTTORESSA – Ma come fate a parlare con la musica nelle orecchie?

JONNY – Balliamo, non parliamo. Sennò si direbbe "vado a parlare". Invece si dice "vado a ballare" fratella!

DOTTORESSA – Mah, come luogo di socializzazione non mi sembra granché.

JONNY – No no infatti... basta che paghi ed entri, nessuno si socializza come socio alla discoteca.

DOTTORESSA – Senti, a proposito di socializzare, ti piacciono i social network?

JONNY – No, no... mi spavento fratella... sono andato solo una volta e mi veniva da vomitare, alle giostre preferisco l'autoscontro.

DOTTORESSA – Quelle sono le montagne russe! I social network tipo MySpace, Facebook!

JONNY – Ah! Quelle cose dove tutti vanno lì per conoscersi, per mettere foto, che si taggano...

DOTTORESSA – Che si?

JONNY – Taggano.

DOTTORESSA – E cosa vuol dire?

JONNY – Che si taggano.

DOTTORESSA – Ah ecco! Adesso ho capito! Ma come mai sei l'unico che ha mille pagine uguali?

JONNY – Perché mi scordo la password fratella, ogni volta che mi collego mi devo reiscrivere, metto la password "Gilez" e poi me la scordo.

DOTTORESSA – Ma se l'hai appena detta!

JONNY – Cosa?

DOTTORESSA – La password, è "Gilez".

JONNY – Nuooo... ma sei cintura nera di password, ecco qual è! Ho provato a scrivere di tutto: "ti stimo", "preeesa", "nuooo... disastro!" e invece era... invece era... com'era la password?

DOTTORESSA – "Gilez"!

JONNY – Ah... Vabbè comunque me la scrivo perché è difficile. Oh fratella, lo sai che quando raggiungi cinquemila amici su Facebook non puoi più accettarne altri? E io... modestamente... ne ho già uno!

DOTTORESSA – Ah bene, sei quasi al traguardo.

JONNY – Comunque fratella, su Facebook sto organizzando una megafesta al Gilez... che è un posto troppo bello, infatti il biglietto per entrare costa quaranta euro,

23

ma io e il pierre siamo così... fratelli... pago trenta-
nove! Perché... per andare in discoteca non basta
avere il fisico... ci vuole il cervello!

Oh... a un certo punto hanno messo quel pezzo che
spacca, quello che fa: "Uahahah uahahah... uahahah
uahahah... uahahah uahahah... uahahah uahahah...
uahahah uahahah... uahahah uahahah... uahahah
uahahah... uahahah uahahah... uahahah uahahah...
uahahah uahahah... uahahah uahahah... uahahah
uahahah... uahahah".

DOTTORESSA – Ho capitooo!

JONNY – Due ore così! Oh, mentre c'era 'sto pezzo son
salito sul cubo davanti a una tipa, l'ho puntata,
sguardo sensuale e le ho fatto: "Oh!", proprio così,
"Oh! Bevi qualcosa?"

DOTTORESSA – E lei?

JONNY – "No!" Preeesa!

DOTTORESSA – Presa?

JONNY – Sì fratella. Gli piacevo! "Gli" o "La" piacevo?
Boh, non sono mai stato bravo in grammistica...

DOTTORESSA – Grammatica!

JONNY – Chi?

DOTTORESSA – La materia in cui non sei bravo.

JONNY – Perché?

DOTTORESSA – Perché non sei bravo in "grammatica"
non in "grammistica"!

JONNY – Nuooo! Spettacolo! Allora in grammistica
andavo bene! Eh, infatti mi sembrava che c'era
una materia dove prendevo bei voti, fratella!

DOTTORESSA – D'accordo, ci rinuncio.

JONNY – Vabbè. Oh... comunque: spettacolo! Al Gilez ho ballato tutta la notte fino alle sei di mattina... alle sei ero lì che ballavo, alle sette salgo sul cubo, alle otto arriva uno e mi fa: "Oh! Te ne vai o no? Abbiamo spento tutto da un'ora!" Allora sono andato direttamente dal Gilez al lavoro. Arrivo lì e il mio capo mi fa: "Sei di nuovo in ritardo, basta... sei licenziato!" Nuooo! Disastro!

DOTTORESSA – Beh, ci credo!

JONNY – Ho lasciato gli occhiali al Gilez! Come faccio fino a stasera? Mi presti i tuoi?

DOTTORESSA – Non uso occhiali.

JONNY – Nuooo veramente? Fratella, ma te li devi comprare... come fai ad andare a ballare la notte senza gli occhiali?

DOTTORESSA – Non vado a ballare.

JONNY – Dai oh! Ti regalo quelli con la lucetta che cammina, così spacchi...

DOTTORESSA – No grazie, non ci tengo.

JONNY – Li ho visti sabato pomeriggio in un posto spettacolo!

DOTTORESSA – Dove?

JONNY – Al centro commerciale!

DOTTORESSA – Beh, non è che sia granché, un centro commerciale.

JONNY – Io vado sempre al centro commerciale, fratella... perché io sembro uno che non ha né arte né carte, ma io sono una persona con tanti interessi, sono una persona di cultura...

DOTTORESSA – Bene! E in che reparto vai?

JONNY – Videogiochi!

DOTTORESSA – Ah...

JONNY – Ieri sono andato dal tipo, gli ho spiegato per due ore il videogioco che volevo, a un certo punto arriva la pierre del reparto e mi fa: "Oh", proprio così, "Oh! parla con me, smettila di parlare col poster!" Okkei! Comunque è due ore che gli parlo... potrebbe anche rispondere...
Se c'è una cosa che non sopporto, cara la mia pierre dottoressa, è la maleducazione. Allora la pierre del reparto mi ha portato al reparto videogiochi... spettacolo! Ho comprato dieci videogiochi che spaccano! Vado alla cassa, pago con il bancomat. Metto il codice, la mia data di nascita... la mia data di nascita?

DOTTORESSA – Te la ricordi la tua data di nascita?

JONNY – La so oh... la mia data di nascita... che poi io c'ho una data di nascita che ti entra nel cervello... l'ho studiata ieri, l'ho studiata!

DOTTORESSA – E qual è?

JONNY – È quella del codice... aspetta... com'era? Vabbè! Ho pagato in contanti fratella...

DOTTORESSA – Non ci posso credere.

JONNY – Ti giuro... ho pagato in contanti! Spettacolo! Ho speso duecento euro di videogiochi per la Xbox... Nuooo! Ma io c'ho la PlayStation!

DOTTORESSA – Vabbè... comunque volevo sapere cosa ti ricordi dell'infanzia.

JONNY – No fratella, non sono mai stato in Francia...

DOTTORESSA – Non hai capito. Infanzia, di quando eri piccolo.

JONNY – Ah... ma non sono mai stato in Francia da piccolo.

DOTTORESSA – Jonny, mi vuoi parlare di quando eri bambino?

JONNY – Ah... adesso ti racconto... allora... allora... cos'è che ti dovevo dire? Ah sì... allora mi ricordo che da piccolo... ero piccolo... andavo a scuola, guardavo i cartoni animati... mangiavo le merendine... guardavo i cartoni animati... mangiavo le merendine... guardavo i cartoni animati... mangiavo le merendine...

DOTTORESSA – Jonny!

JONNY – È che i cartoni animati duravano tanto...

DOTTORESSA – Quali erano i tuoi eroi preferiti?

JONNY – I miei preferiti erano: Bat Groove, Jonny Puffo, Super Groove, Spider Groove e Jonny di Ferro.

DOTTORESSA – E che eroi sono mai questi?!?

JONNY – Eccoli, guarda, li puoi anche colorare se vuoi.

Spider Groove

Jonny Puffo

Jonny di Ferro

Bat Groove

Super Groove

JONNY – Poi mi ricordo la maestra... Pierino... perché mi ricordo Pierino?

DOTTORESSA – Quella è la barzelletta.

JONNY – Ah già... a scuola la materia che mi piaceva di più era la ginnastica... fratella, salivo sulla cavallina e ballavo tutto il tempo... ero veramente qualcuno in ginnastica, sono stato sempre promosso...

DOTTORESSA – E nelle altre materie?

JONNY – Bocciato... non c'era la musica, come facevo a esprimermi. Nuooo... disastro!

DOTTORESSA – Che succede?

JONNY – Cinque chiamate senza risposta. Disastro! Scusa un attimo, fratella... Ti stimo nel frattempo! Ma chi è 'sta qua? Ma chi la conosce? *Casàmia?* Ma che nome è? Come si fa una a chiamare Casàmia?

DOTTORESSA – Sarà "casa mia".

JONNY – Nuooo... ma la conosci? Oh... idea spettacolo! Chiamo Casàmia e te la faccio salutare...

DOTTORESSA – No Jonny, stai fermo!

JONNY – Shhh... silenzio... shhh! Squilla, squilla! "Pronto? Casàmia?" Oh... dottoressa... Ha la voce uguale a quella di mia mamma! Uguale! "Casàmia, sai dove sono? Dalla dottoressa... aspetta che te la passo".

DOTTORESSA – "Signora, stia tranquilla Jonny è da me, poi le spiego."

JONNY – "Poi ti spiega Casàmia... Okkei Okkei... Fratella! Ciao..." Oh! Preeesa!
Mi ha detto di andare a casa sua stasera... e di non far tardi! Non so neanche dove abita, 'sta qua...

30

DOTTORESSA – Va bene Jonny, direi che per oggi può bastare così, sono già le quattro.

JONNY – Nuooo! Disastro... dovevo andare in palestra.

DOTTORESSA – Ti sei iscritto in palestra? Non me ne avevi ancora accennato.

JONNY – Spettacolo fratella, perché come dicevano gli antichi: "Corpo sano... la capra campa!" Ne ho girate un sacco, alla fine ne ho vista una spettacolo, un sacco di muscoli in vetrina... entro, vado dalla pierre della palestra e gli faccio: "Oh! Fratella! Mi devo iscrivere in palestra" e lei: "Sì ma devi andare qui a fianco... questa è una macelleria!" Preeesa! Così sono andato di fianco! Entro e faccio "Vorrei iscrivermi in palestra" e la pierre mi fa "Mensile, Trimestrale, Serale, Open?" "No no... in palestra! Eh eh!" Allora mi fa: "L'annuale costa mille euro" ma si vede che piacevo alla pr della palestra, mi ha fatto pagare cinquecento per sei mesi! Preeesa!

DOTTORESSA – Ma che presa? È la metà!

JONNY – Perché per andare in palestra non basta avere il fisico, fratella, ci vuole il cervello! Oh... appena entro... dato che era il primo giorno di palestra la prima cosa che ho fatto...

DOTTORESSA – Ti sei fatto la scheda?

JONNY – Mi sono fatto la lampada! Così tutto bello abbronzato sono andato dritto alla sala di aerobica perché si sentiva quel pezzo che spacca! Tempo zero...
salto subito su un salsicciotto morbido,

comincio a ballare... arriva il pierre della sala di aerobica e mi fa: "Oh!", proprio così mi fa, "Oh! Vuoi scendere o no dalla pancia della signora?" Comunque fratella la palestra è enorme! Dopo due ore che camminavo gli faccio a una tipa: "Oh fratella! Son due ore che cammino ma non trovo l'uscita", e lei: "Per forza, se non scendi dal tapis roulant!"

DOTTORESSA – Va bene Jonny vai in palestra, ci vediamo la settimana prossima.

JONNY – Nuooo ancora!?!

DOTTORESSA – Cosa c'è adesso?

JONNY – Ma è tutto il giorno che mi chiama 'sto qua! Ma chi è 'sto *Papàcell*! Nuooo! Il pr del Plastic! Mi doveva mettere in lista! Scusa fratella devo chiamare è una questione di vita o di... Vabbè, è una questione!

DOTTORESSA – Jonny, hai capito male!

JONNY – Shhh... squilla, squilla... "Pronto? Papàcell? Grande, fratello! Ti stimo!"

DOTTORESSA – Jonny, guarda che Papàcell...

JONNY – Shhh... "Oh Papàcell... arrivo subito... sono in giro con la macchina nuova di mio padre! Spettacolo Papàcell... era lì che dormiva... gli ho fregato le chiavi di nascosto... lo faccio sempre Papàcell... Oh, prima ho parcheggiato... retromarcia... fiancata fatta! Oh Papàcell... Se lo sa mio padre m'ammazza! Mi raccomando, acqua in porta!"

DOTTORESSA – Acqua in bocca.

JONNY – No, grazie, non ho sete fratella...

DOTTORESSA – Ma no, è un modo di dire!

JONNY – Eh ma se non ho sete cosa ti devo dire? "Scusa Papàcell 'sta qua è fuori! Eh? Cosa?"

DOTTORESSA – Jonny? Che fai? Perché hai buttato giù così? Cos'è quella faccia?

JONNY – Papàcell mi ha detto: "Sono io tuo padre!"

DOTTORESSA – Ma è dall'inizio della telefonata che cercavo di dirtelo!

JONNY – Nuooo! Mio papà fa il pierre del Plastic? Spettacolo! Essiamonoi! Essiamonoi!

DOTTORESSA – Jonny! Scendi dalla scrivania! Non è un cubo!

JONNY – Dai fratella, sali che c'è pure il pavimento che quando lo pesti s'illumina!

DOTTORESSA – Quello è il mio computer! Scendiii!

JONNY – Ah… scusa fratella.

DOTTORESSA – Facciamo così: ci vediamo la prossima settimana e vedi di darti una calmata.

JONNY – Ok fratella… allora vado a ballare al Gilez che la musica house mi mette tranquillità. Uah ah ah ah ah! Uah ah ah ah ah!

(Jonny esce dallo studio e la dottoressa si prende 25 gocce di Novalgina.)

3.

Start REC. Caso 2009 – "JONNY GROOVE"
Parla Giovanni Vernia.

DOTTORESSA – Bentornato, Giovanni. Non mi hai più spedito la cartolina da Portland.
GIOVANNI – Non ce n'erano. È talmente brutta la città che le hanno eliminate.
DOTTORESSA – Cos'è questo?
GIOVANNI – Il tema della maturità di mio fratello, è rimasto nella storia del liceo.

Titolo: Crisi. Quali sono le nuove piste da seguire?
L'andamento altalenante degli indici influenzerà le
prossime mosse? Saranno orientati verso l'alto o verso
il basso?

DOTTORESSA – Ma ha scelto un tema di economia finanziaria?
GIOVANNI – Sì. Ce n'era uno su Giacomo Leopardi, ma dice sempre che non gli piace tanto perché come

stilista preferisce Roberto Cavalli! Poi ce n'era uno sull'ecologia ma si narra che alla fine della lettura dei titoli la Commissione d'esame chiese: "Qualcuno ha delle domande?" Lui si alzò in piedi e disse "Sì... volevo chiedere... che musica è l'ecologia?" Il presidente della commissione era napoletano e rispose: "La musica dell'anema 'e mammata". Lui fece "Ahhh!" Ma non capì... così si vede che si sentì più ispirato dal tema di economia finanziaria... ma lo legga... lo legga per favore... ad alta voce.

Tema

(su quel titolo che c'è sopra che però è lungo da ricopiare)

Ma siete veramente qualcuno fratelli... finalmente qualcuno...

... uno? O siete due?

... Finalmente due...

... o siete tre?

Vabbè... finalmente un po' di gente che si preoccupa del futuro dei giovani! Allora, rispondo a tutte le domande... allora... dunque... allora:

Caro Dj Crisi ti dico subito le piste da seguire: l'unica pista dove bisogna andare è la pista di musica house, fratelli! Quella sì che è una pista che spacca! Ed è anche la più nuova che c'è. In quella lì che sapete voi (che io nemmeno la voglio dire per come è brutta) non andate

35

mai per nessuna ragione nella faccia dell'universo!
(Anche se vi danno l'omaggio... perché ovvio che vi
danno l'omaggio, perché è brutto, se fosse una pista che
spacca l'omaggio non ve lo dassero.)
Comunque non ci andate.

DOTTORESSA – Ma dove? Non c'è scritto?
GIOVANNI – No, non l'ha scritto. Si rende conto dotto-
ressa?
DOTTORESSA – Incredibile. Continuo.

Io una volta ci sono stato e ho ancora la varicella e
il morbillo che anche se li avevo avuti mi sono tornati.
E quindi ho imparato nella mia vita una cosa impor-
tante... che non è vero che una volta che ti viene il mor-
billo e la varicella poi non ti vengono più per forza. E
che per stare bene, anche se ti danno l'omaggio, nella
sala di musica commerciale non bisogna mai andarci.

DOTTORESSA – Ah ecco, parlava della sala commerciale.

Nella house c'è il dj e le cubiste e la vocalist donna e
che canta (no "e che canta" non c'è, scusi pr
Commissione). Volevo dire... nella house c'è il dj e le
cubiste e la vocalist e che canta... (eh... perché una
volta che incomincio con le consonanti "e" poi mi
confondo) allora allora... c'è la vocalist e la vocalist
canta (preeesa!) e c'è quello che suona il sax sulla cassa
da 128 bpm. Uno Spettacolo con la P maiuscola!
Nella commerciale invece c'è un dj che non sa mixa-

re e un vocalist uomo (disastro!) che non sa nemmeno cosa vuol dire cantare e dice a tutti "un applauso al tavolo di quello che fa il compleanno"... e dopo cinque minuti "un applauso al tavolo di quell'altro che fa il compleanno" e dopo cinque minuti "un applauso al tavolo di quell'altro che fa il compleanno" (no no... quell'altro lo già detto...) "un applauso al tavolo di quello che non ho detto che fa il compleanno"... come se i compleanni li fanno solo quelli che hanno il tavolo!

Primo: ci sono anche quelli senza il tavolo che fanno il compleanno e non lo dicono mai!

Secondo: in discoteca si va per ballare non per dire dei compleanni!

Terzo: non mi viene. Ma comunque non era importante.

Che poi se proprio vogliamo mettere i puntini sulle A maiuscole, io non ci sono nemmeno andato con l'omaggio nella sala commerciale, ma ci sono andato perché nella house non mi facevano entrare sennò col cavolo che ci andavo. Però il fatto che nelle città dell'Italia ci sono ancora discoteche con la commerciale vuol dire che al governo c'è proprio gente che se ne frega!

Dottoressa – Una vera e propria denuncia sociale...

Le prossime mosse ve le spiego, anzi vi faccio il disegnino così le imparate bene...

37

fratelli è importante
avere, i diti in su
e il piede sinistro...
no quello destro...
vabbe un piede davanti

qui bisogna fare uno scattino e
spostare il piede di prima dove
c'è l'altro...
senza chiudere la bocca
e coi diti sempre su

sedere indietro,
lingua in fuori, diti in su
e si agita la testa

si spacca, ma mano sugli occhiali sennò cadono, anche se rimane un solo dito in su non fa niente

come la posizione uno, ma con la lingua di fuori

finale: scatto della testa indietro con saltino, però la testa dovete tenerla sennò cade. La mano verso la tipa che ti piace e lingua parallela col naso

*Fratelli il segreto sono proprio gli indici, è chiaro
che vanno puntati verso l'alto sennò sembra uno spie-
dino...*

*Comunque Dj Crisi, se vieni al Gilez te lo faccio
vedere.*

*Ah! Volevo dire anche che comunque l'altalena degli
indici non c'entra proprio niente!*

Essiamonoi Essiamonoi!

(Fine del tema fratella Commissione)

DOTTORESSA – Beh, sono senza parole. E tu invece
Giovanni? Che voto hai avuto?

GIOVANNI – Purtroppo sono stato bocciato.

DOTTORESSA – Bocciato? Ma se eri il primo della classe?

GIOVANNI – Lo so, è rimasto un mistero per tutti, non
mi ricordo nulla, avrò avuto un crollo nervoso!

DOTTORESSA – Va bene, cambiamo argomento, com'è
andata in America?

GIOVANNI – Non ne parliamo, dottoressa...

DOTTORESSA – Perché? Cos'è successo?

GIOVANNI – Avevo l'aereo da Milano Malpensa a un
orario molto comodo: quattro del mattino! Che poi
mi chiedo perché lo chiamano Milano Malpensa se
è a Varese. È come se l'aeroporto di Napoli lo chia-
massero Roma Fiumicino.

Vabbè... ho fatto venti ore di volo con l'aria condi-
zionata a palla e ho pensato "almeno se mi addor-
mento fra vent'anni mi ritroveranno uguale".

Siamo arrivati, sono sceso dall'aereo che sembra-
vo un Calippo con le gambe e sono arrivato al

varco immigrazione. Immigration... Mi hanno controllato tutto, perfino dentro le valigie: le aprivano loro, perché per andare in America devi avere per forza un lucchetto che loro possono aprire!

DOTTORESSA – Davvero? Non lo sapevo.

GIOVANNI – Sì, è come rinchiudere Bin Laden in isolamento e dirgli: "Arrivederci, le chiavi sono quelle sul tavolino". Prima si diceva: "Amore, hai chiuso la valigia?" oggi senti: "Amore, hai lasciato la valigia aperta?" Vabbè... Che nervoso!

DOTTORESSA – Che succede?

GIOVANNI – Ho preso l'abitudine di iniziare le frasi con "Vabbè"... comunque, cosa le stavo raccontando?

DOTTORESSA – Che stavano controllando la valigia.

GIOVANNI – Ah sì! Mi scusi. Durante i controlli bisogna stare tutti in fila indiana, in assoluto silenzio. Mentre ero lì mi sono messo in fila indiana, ho chiesto sottovoce a una signora: "Mi scusi, per andare al bagno?" E lei molto scorbuticamente mi ha redarguito sottovoce: "Shhh! Silenzio! Siamo in America!"

DOTTORESSA – Peggio che stare in chiesa!

GIOVANNI – Sì! Infatti gli ho risposto: "Mi scusi. Sempre sia lodato!" Da tenere presente che in tutto questo i cellulari devono rimanere rigorosamente spenti, mica come da noi che appena l'aereo tocca terra è un concerto della Nokia! A un certo punto, in mezzo al silenzio più totale, due signore

41

americane stavano facendo un rosario, si è sentito: "Pi pi... Pi pi". Mi era arrivato un sms, si è girato tutto l'aeroporto a guardarmi. "Sorry, is sms" ho detto "because my moglie... a casa c'ha muratòr... tubo dell'acqua ròtt... un sacc di sold..." "Shhh... silenzio!" sempre la stessa signora! "E ho capito signora!" Siamo in America, mica a un funerale! Poi c'è scritto "Stati Uniti" mica "state zitti".

DOTTORESSA – Quando ci vuole, ci vuole!

GIOVANNI – Si gira un italoamericano che era in coda e mi fa: "Uè paisà... e che si dice all'Italì?" E che si dice? Niente! Stai zitto che siamo in America!

DOTTORESSA – Gli italiani si incontrano in tutto il mondo!

GIOVANNI – Non è finita... è arrivato il mio turno e mi sono trovato davanti un membro dell'Airport Police Department, un poliziotto obeso stile "Io sto con gli ippopotami" che mi ha guardato il passaporto e mi ha domandato: "Hey Man! Uerariutravelinfrom?"

DOTTORESSA – Non ho capito.

GIOVANNI – E chi lo sa! Gli ho fatto: "Sorry?" "Scusa?" E lui: "Uerariutravelinfrom?" Io mi metto a ridere, che a ridere non si sbaglia mai, e gli ho detto: "Yes!" Lui indispettito mi ha domandato ancora: "Why are you laughing?" (Perché stai ridendo?) "Rido perché non capisco cosa mi dici. Se io ti parlassi in foggiano, tu capiresti? Mocc' a 'ccì te vviv'! Lo capisci? No!" E come possono pretendere questi americani se si mettono a parlare stretto che noi li capiamo?

Dopo un'ora di trattative capisco che mi aveva chiesto: "Where are you travelling from?" cioè "Da dove vieni?" L'aveva appena letto sul passaporto ma l'americano è diffidente per natura, vuole sentirselo dire. Allora gli ho detto: "Italy!" E lui: "Oh Italy? Yeah!... I like Italy Yeah... I like Italy Yeah... I like Italy... I like Italy... I like Italy... I like Italy Yeah... I like Italy Yeah..." Tant'è vero che per interrompere quella cantilena gli ho chiesto: "Excuse me... you like Italy?" E lui: "Yeah! I like Italy... I like Italy..." due ore così.

DOTTORESSA – Due ore così? Giovanni, a volte mi sembri tuo fratello!

GIOVANNI – No per favore, ci manca pure questa! Dopodiché ha cominciato a elencare tutte le sue conoscenze geografiche dell'Italia: "I like Bologna I like Florenzia... and... I like Sorrento! You like Sorrento, man?" "Mah... non saprei, non ci sono mai stato..." E lì si è insospettito, perché l'americano non concepisce il fatto che un italiano non possa essere mai stato a Sorrento. "Hey Man? You are Italian." "Sì" gli ho detto "sono italiano, ma non sono mai stato a Sorrento." Ha cominciato a dire delle cose ai colleghi in americano, versi assurdi... per fortuna che in quel momento mi è arrivato un sms... "Pi pi... Pi pi!" E lui: "Oh! Pi pi! Italy!" E scoppia in una risata fragorosa "Uah ah ah ah ah" che gli ho visto la trachea e poi mi fa: "You dirty fucking bastard italian. Welcome to America!"

DOTTORESSA – E che vuol dire?

GIOVANNI – Tu, sporco fottuto bastardo italiano, benvenuto in America!

DOTTORESSA – Caspita!

GIOVANNI – Appunto! Sarei stato più contento se mi mandava affanculo!

DOTTORESSA – Beh, non esageriamo...

GIOVANNI – Appena si sono aperte le porte ho trovato ad aspettarmi tutti i colleghi sorridenti con dei cartelli enormi con su scritto: "Welcome to America Giovani!" Con una sola "n"!

DOTTORESSA – Va bene su, può capitare un errore...

GIOVANNI – Ho capito, ma l'hanno letto cento volte nelle e-mail: Giovanni! Con due "n"! E hanno fatto anche di peggio! Appena hanno scoperto che per gli amici non ero Giovanni ma ero Giò, mi davano il cinque e mi dicevano "Hello G ai ou"! Io già innervosito ho chiamato il taxi: "Taxi! Taxi!" Inchioda uno e mi fa: "Uè paisà... e che si dice all'Italì?" "Te lo dico dopo" gli ho detto. Per fortuna è arrivato il mio collega con un altro taxi per accompagnarmi in albergo, sempre perché l'americano è diffidente.

DOTTORESSA – Com'era il tuo collega? Simpatico?

GIOVANNI – Lasciamo perdere! Il viaggio in taxi si è svolto così: io ero seduto a destra in un angolino con le braccia conserte e lui, un uomo di centocinquanta chili, occupava il resto del sedile. Nella mano sinistra aveva una Coca Cola da due litri, diet! Sennò fa ingrassare...

DOTTORESSA – Giustamente!

GIOVANNI – Nella destra un Big Mac con doppia cipolla e paprika da due chili, che in America il Big Mac è così grande che il nostro in confronto sembra un Bacio di Dama. Alla guida, un tassista afrocubano che mentre guidava a zig zag ascoltava e cantava rap a squarciagola! Nel frattempo il mio collega mi diceva: "I'm very hhhaaappy to have you here man... very hhhaaappy very hhhaaappy hhhaaappy". E io: "Sì ho capito che sei happy, ma puoi stare happy con la testa fuori dal finestrino per favore?" E lui: "What? Cosa?" "Dicevo ho capito che sei happy ma puoi togliere almeno una 'h'? Ogni 'h' che dici si estingue un panda figlio mio!" "Ohhhh! I like Panda!" mi fa "Yeah! I like Fiat! I like Italy, man! I like Bologna... I like Florenzia... and I like Sorrento! You like Sorrento, man?" "No! Lo dicevo prima al policeman... non ci sono mai stato!" "Hey man" mi dice "You are Giovani" "Sì! Giovanni con due 'n'! Sono io, ma non sono mai stato a Sorrento! Che palle!" E lui: "What's palle?" "Palle, pallone, calcio! You know calcio? Football?" "Oh Yeah! Soccer! Frinceschi Totti, Alixandri Dil Pieri" "Sì ecco, bravo!" "Antony Chiassani" "Sì ecco, lui!" "Pippi Inzeighi!" "Sì!" "Marchi Matirassi!" "Sì! Ho capito! Basta! Non è che possiamo dire tutte le formazioni della Nazionale!" E lui: "I like Nazionale! I like Italy... I like Bologna, I like Florenzia, and I..." Sì lo so! You like Sorrento, ma io non ci sono mai stato!"

45

DOTTORESSA – Certo che sono pesanti questi americani.

GIOVANNI – Finalmente arriviamo in albergo e proprio mentre sto per scendere il mio collega mi fa: "Hey Man! Tonight Big Event For You".

"Grande evento per me?"

"Yeah! Tonight Restaurant Mamma Mia!"

Pensi dottoressa, io non gli ho chiesto niente e loro mi hanno fatto la sorpresa!

Dopo venti ore di volo senza dormire, con gli occhi a palla come Maradona ai Mondiali '94, quale italiano non desidera altro che andare a un ristorante italiano in America?

DOTTORESSA – In effetti! Quindi?

GIOVANNI – E quindi seccato gli domando: "A che ora sarebbe 'sto event?"

E lui: "Half past six!"

"Come at half past six? Alle sei e mezza? Alle sei e mezza in Italia non ho ancora nemmeno fatto merenda."

"What's mirènda?"

"Si vabbè... merenda it's a snack."

"Oh I like the snack..."

E se vede!

"I like Italy... yeah I like Italy... and I like Bologna... I like Florenzia."

"Ok. Alle sei e mezza lì. Tranquillo."

DOTTORESSA – Ma cosa è questo rumore di clacson?

(Sporgendosi incuriosita alla finestra.) Mi sa che c'è un'auto messa male, il solito imbecille con la BMW che ha parcheggiato in doppia fila!

GIOVANNI – Nooo! È la mia! Corro a spostarla! Mi perdoni un attimo dottoressa!

DOTTORESSA – Va bene Giovanni.

(Trenta secondi dopo) Drin Driin!

DOTTORESSA – Pronto?

JONNY – Pronto fratella dovrei fare una lampada.

DOTTORESSA – Chi parla? Jonny?

JONNY – Sì fratella, dovrei fare una lampada.

DOTTORESSA – Jonny, sono la dottoressa.

JONNY – Nuooo! Ma sei la numero uno! Lavori anche alla lampada, ma l'avevo detto che eri avanti... ti stimo fratella.

DOTTORESSA – Non lavoro "alla lampada", hai sbagliato numero.

JONNY – Ah... scusa fratella, è che ci sono i numeri vicini, "Lalampada" e "Ladottoressa". Ciao fratella, a domani.

DOTTORESSA – Ciao Jonny, a domani.

Poco dopo

GIOVANNI – Scusi dottoressa, per poco non me la portavano via.

DOTTORESSA – Mi ha telefonato tuo fratello, aveva sbagliato numero come al solito, credeva fosse "La lampada".

GIOVANNI – Perché memorizza i numeri con l'articolo: Lamamma, Lafidanzata,

47

Lalampada, Ladottoressa... ce li ha tutti sotto la "L", tranne uno: IlGilez.

DOTTORESSA – Va bene, ma lui è fatto così. Mi stavi dicendo che il tuo collega in America ti ha portato al ristorante.

GIOVANNI – Sì! Una situazione da film horror! Appena entrato, orgoglioso di avermi portato lì, mi ha presentato a tutti i suoi amici urlando come al mercato del pesce: "Hey! This is my friend Giovani".

"Giovanni! Con due 'n'!"

"Giovanni! G ai o!"

"Giò! Giò! Si dice Giò!"

E tutti gli italoamericani che popolavano il ristorante: "Uè paesà... e che si dice all'Italì?"

Niente! Stiamo zitti all'Italì! Non parliamo!

Insomma, ci sediamo e arriva la pizza.

DOTTORESSA – Era buona?

GIOVANNI – Buona? Dottoressa, mi permette una parentesi sulla pizza americana?

La pizza americana è grossa come una ruota del furgone Iveco, c'è solo una differenza: la ruota dell'Iveco è più digeribile, perché la pizza americana più semplice ha sopra i peperoni (pepperoni), i funghi (mushrooms), il salame piccante (spicy salami) così piccante che quello calabrese in confronto sembra un Galbanino e per gradire una bella fetta di ananas al centro che ti guarda come per dire: "Io non c'entro niente, prenditela con il pizzaiolo".

Mentre tentavo di capire cosa prendere di quello scempio è arrivato il padrone, con una fetta di pizza in bocca, una Coca Cola da cinque litri e mi dice: "Hey Man! Jdhiyvgvruk..."

Ora già in americano non si capisce di suo, come faccio a capire se uno mi parla con la pizza in bocca?

Mi chiedeva semplicemente se mi piaceva la pizza.

Io guardo l'ananas e rido.

Molto offeso mi fa: "Why are you laughing?"

"Rido perché I like margherita."

"What's margherita?" mi fa.

"Simply pizza. Pizza semplice."

"What's margherita?"

"Se mi fai parlare te lo dico!"

Si gira incazzato e mi fa: "Hey man? You are italian, ok... This is dirty fucking italian pizza and it's very good, ok?"

Ok! Perché quando un uomo di centocinquanta chili ti dice che quella pizza è buona, la pizza è buona, tu te la mangi e pure di gusto!

"Oh" gli ho detto "I like pizza. Pizza with pepperoni? Very Digeribile. Compliments! Ananas! Very original!"

Per ingoiare quello scempio di pizza ho preso l'acqua, ma nell'acqua americana c'è così tanto cloro che odora di piscina.

Mi richiede: "Why are you laughing?"

"Because perché... the water seems Aquafan... Riccione!"

"Oh" mi fa "I like Riccione. I like Italy yeah, I like
Bologna, I like Florenzia… and I like Sorrento!"
"No! Sorrento chiusa! Finito! Non c'è più Sorrento!
Se ne sono andati tutti! Perché gli avete rotto le
palle! Sorrento Sorrento Sorrento! Basta con 'sto
Sorrento!"
E me ne sono andato al bagno per starmene un po'
tranquillo!

DOTTORESSA – L'avrei fatto anch'io, sai quante volte
m'ha salvata la scusa del bagno?

GIOVANNI – A me no dottoressa, perché lì non è come
da noi.

DOTTORESSA – Ah no?

GIOVANNI – No, noi abbiamo la privacy, noi in un
bagno pubblico anche per soffiarci il naso ci chiu-
diamo. Lì no. Ci sono i water e i vespasiani. Nel
water ci sono due antine perché gli americani sono
ancora affezionati a questa idea un po' superata
del saloon che applicano alle porte del water. Sono
aperte sopra e sotto con una fessura larga un centi-
metro.
Se tu ti siedi vedi cosa succede fuori e mentre sei
seduto pensi: "Ma se io vedo fuori loro da fuori
vedranno dentro?" La risposta è sì e si sente pure!
Così te ne vai al vespasiano, dove ce ne sono trenta
liberi… ma l'americano no! Non si mette in quello
libero lontano, no, deve venire a fare il bisognino
in quello a fianco a te perché deve fare amicizia, al
bagno!
E comincia a fare: "Oh oh… yeah!… Ohhhu yeah!

Oh oh... yeah!... Ohhhu yeah! Oh oh... yeah!
Ohhhhu yeah!"

"Ohhh" gli ho detto "stai facendo l'amore col
cesso?"

"Oh, you are italian" mi fa "I like Italy... I like
Bologna..."

Sì, lo sooo! You like Florenzia, you like Sorrento, I
like Aquafan Riccione... continua a fare l'amore
col cesso. Torno in sala i miei colleghi: "Hey man!
Come on... Pizza con cocomero!"

Sì! Mangiatela tu la pizza col cocomero.

Ho chiamato un taxi e sono andato in albergo,
dove mi è successa una cosa incredibile... ma cos'è
che si muove?

DOTTORESSA – Io non sento niente.

GIOVANNI – C'è qualcosa che si muove... scusi dottoressa, è il mio telefono... Pronto?

JONNY – Pronto fratello, dovrei fare una lampada.

GIOVANNI – Jonny, sono io, tuo fratello!

JONNY – Nuooo, lavori anche tu alla lampada? Ma sei
veramente qualcuno, fratello!

GIOVANNI – Non lavoro "alla lampada", hai sbagliato di
nuovo numero!

JONNY – Eh eh... scusa fratello è che ti ho memorizzato vicino a "Lalampada".

GIOVANNI – Come fai ad avere i numeri vicini
a "Lalampada?" O sono alla G come
Giovanni, o sono alla F come Fratello.

JONNY – No... è che ti ho memorizzato come
"Lapalla" perché sei pesante.

51

GIOVANNI – Vabbè, ciao Jonny! Scusi dottoressa. Che c'è, è successo qualcosa?

DOTTORESSA – No no, tranquillo.

GIOVANNI – Ha una faccia!

DOTTORESSA – Per me è stata molto interessante questa telefonata.

GIOVANNI – Questa con mio fratello?

DOTTORESSA – Sì.

GIOVANNI – Sembra che abbia visto il diavolo!

DOTTORESSA – Non ti preoccupare, vai pure avanti. Mi stavi parlando del tuo ritorno in albergo, cos'è successo?

GIOVANNI – Ah sì…

DOTTORESSA – Scusa se ti interrompo ancora: la prossima volta puoi ricordarti di portare il certificato di nascita tuo e di tuo fratello?

GIOVANNI – Sì certo, ma mi perdoni: cosa c'entra adesso?

DOTTORESSA – Non c'entra niente con quello che mi stavi raccontando, ma per me è una cosa importante. Scusa se ti ho interrotto, vai avanti, mi stavi parlando del tuo rientro in albergo.

GIOVANNI – Dicevo… sono arrivato in hotel e appena entrato ho visto lei, bellissima, pelle d'ebano, occhi verdi, fisico statuario, le labbra dipinte. Mi guardava e sorrideva; mi sono avvicinato e le ho chiesto: "Would you like something to drink?" (Vuoi qualcosa da bere?)

E lei: "Italian?"

"Yes." E lì ho fatto lo sborone! Mi sono girato verso

il cameriere e ho detto: "Sorry man? Ostriche e champagne… Ostrics and champagnes!"

"No, no" mi dice lei "no champagne for me, for me a cappaccini."

"Sorry, cappa che?"

"Cappaccini!"

"Ahhh Cappuccino! Scusa" le dico "non avevo capito… eppure noi in Italia mangiamo sempre le ostriche col cappaccino, il latte e pesce si sposano bene."

E lei: "Yeah! I like Italy… I like Bologna… Il like Florentia… and I like Sorrento… you like Sorrento?"

Eh, lo sapevo! Allora ho improvvisato dottoressa! Le ho detto: "Yes! Mio nonno era di Sorrento! My family Sorrento centro proprio!"

Solo che poi mi ha chiesto: "Dimmi qualcosa di Sorrento" E che le dovevo dire di Sorrento? Non c'ero mai stato, allora ho improvvisato di nuovo: "Cosa dire di Sorrento, se non che è un posto dove il mare lucc'c e tira strong the vent… I live in vecch terrazz in front the golf of Surrient…"

"Ah yes?" mi fa "And tell me something else." (Dimmi qualcos'altro.)

"Beh" le faccio "mi ricordo un uomo che abbraccia una ragazz… dopo che aveva piant…"

Lei mi interrompe e mi dice: "Hey bastard! This is a famous song!"

"Sì" rispondo "è una famosa canzone, ma… l'hanno scritta a casa mia!"

"You have never been in Sorrento!" "Non sei mai stato a Sorrento" mi dice innervosita.

"No, non sono mai stato a Sorrento" le dico "ma sono stato a Pozzuoli, da dove si vede benissimo Surriento." Ma lei era già andata via e mi aveva lasciato da solo come un cretino con due ostriche, due cappaccini e trecento dollari di conto!

DOTTORESSA – Giovanni, posso darti un consiglio? La prossima volta che devi andare in America, prima fatti un giro a Sorrento!

4.

Start REC. Caso 2009 – "JONNY GROOVE"
Parla Jonny Groove.

DOTTORESSA – Ciao Jonny, accomodati. Ma cosa hai
fatto in faccia?

JONNY – Perché?

DOTTORESSA – Sei tutto nero.

JONNY – Ah, ho litigato con One Night.

DOTTORESSA – Chi?

JONNY – One Night, la mia ragazza, la chiamo così
perché in un anno me l'ha data una volta sola!
Allora per tirarmi un po' su sono andato a farmi
una lampada.

DOTTORESSA – Ah ecco perché sei così nero… Cosa hai
fatto? Bifacciale, trifacciale, quadrifac-
ciale o lettino?

JONNY – No, una lampada.

DOTTORESSA – Ho capito, ma che tipo di
lampada? Sai come funziona?

JONNY – Certo fratella! Io sono cintura nera

di lampade! Sono entrato, mi sono messo le cuffie, ho sparato a palla un pezzo troppo bello che spacca e mi sono fatto sei ore di lampada! Ho speso trecento euro.

Sono uscito e mi hanno scambiato per Eddie Murphy, ma non so se ci somiglio... non ne capisco di calcio!

Oh fratella, guarda cosa ti ho portato! Le foto che abbiamo fatto a Capodanno!

Questo sono io con una cosa che non so
cos'è... sarà una scarpiera per la neve.

io sulla seggiovia

Siamo andati sulla neve... Oh... spettacolo, andiamo a ballare per la notte di Capodanno! A un certo punto guardo l'orologio, al momento giusto prendo una bottiglia, salto su un cubo e faccio: "Dieci... nove... otto."

DOTTORESSA – E poi? Perché ti sei fermato?

JONNY – No perché ad andare indietro mi confondo, non è facile andare all'indietro... Vabbè dieci... nove... uno... Auguri, auguri! Comincio a ballare... un delirio... a un certo punto la vocalist dalla console davanti a tutti mi fa: "Oh!", proprio così, "Oh! La vuoi finire o no che sono ancora le undici!" Preeesa!

Il giorno dopo, punto la sveglia bello presto... alle quattro di pomeriggio...

DOTTORESSA – Alle quattro del pomeriggio?

JONNY – Lo so, anche a me sembrava troppo presto… comunque prendo il telefono, faccio il numero della pierre della reception e le faccio: "Fratella! Volevo chiedere… si può fare ancora colazione?" e lei: "Per me puoi farla quando vuoi, ma questa è la questura di Torino!" Non sapevo che alla Questura avevano il bar… guardo fuori dalla finestra, visto che c'era una bella giornata di sole, ne ho approfittato e sono andato a farmi la lampada! Così tutto bello abbronzato vado da Moena, la cassiera della seggiovia…

DOTTORESSA – Sarà stata Moana, non Moena.

JONNY – No no, c'aveva pure l'adesivo, sul vetro c'era scritto: "Saluti da Moena!" "Ciao fratella! Ti stimo".

DOTTORESSA – Ma è un adesivo che contraddistingue la località sciistica.

JONNY – Mmmh…

DOTTORESSA – Moena è il nome del luogo, capito?

JONNY – No. Vabbè… si vede che a Moena piacevo perché con un biglietto ho fatto otto giri di seggiovia.

DOTTORESSA – Otto giri? E quando sei sceso?

JONNY – Perché si può scendere? Ma sei la numero uno fratella… le conosci proprio tutte! La prossima volta scendo. Ma puoi scendere quando vuoi? Insomma arrivo in cima alla pista, mi metto il burro di macao…

DOTTORESSA – Cacao.

JONNY – No grazie, sono a dieta.

DOTTORESSA – Si dice burro di cacao, non di macao.

59

JONNY – Se vabbè, mica sa di cioccolato... allora perché non fanno anche il burro di vaniglia, il burro di coppa del nonno?

DOTTORESSA – D'accordo, vai avanti...

JONNY – Mi chiudo il giubbotto... mi infilo i guanti... mi abbasso gli occhiali... mi metto in posizione... Nuooo! Avevo lasciato gli sci in albergo!
Ho anche la foto degli sci, la vuoi vedere?

DOTTORESSA – No, grazie!

JONNY – Nuooo! Disastro! Cinque messaggi, non li ho sentiti!

DOTTORESSA – Però Jonny non puoi prendere il telefono ogni cinque minuti!

JONNY – Ahhh è lei! Mi scrive tutti i giorni, vuole che vado al Club Infinity!
Secondo me si è innamorata. Non la conosco nemmeno, 'sta Vodàfone! Forse è una che ho beccato a Roma.

DOTTORESSA – Perché sei stato a Roma?

JONNY – Sì fratella, sono andato a trovare "Grande Fratello".

DOTTORESSA – Chi?

JONNY – "Grande Fratello", è un mio amico... lo chiamo così perché non esce mai di casa.

DOTTORESSA – Ah Ah Ah! Jonny! Certo che però a volte mi fai morire dal ridere! Ah Ah Ah!

JONNY – Eh Eh Eh Eh Eh... Preeesa!

Oh comunque fratella… visto che non
c'ero mai stato nella capolista d'Italia…

DOTTORESSA – Capitale.

JONNY – Chi?

DOTTORESSA – Roma.

JONNY – Che ha fatto?

DOTTORESSA – Niente, Roma è la capitale, non la capolista.

JONNY – E da quando?

DOTTORESSA – Da sempre! Si dice capitale.

JONNY – Ma tu stai male fratella... che dici? Capitale è quello dei soldi, pensi che sono scemo? Eh eh...

DOTTORESSA – Vabbè continua...

JONNY – Ok. Oh, visto che non c'ero mai stato nella capolista d'Italia, sono andato subito al Cinema multisala!

DOTTORESSA – Ma come, non ti sei fatto un giro per la città? Roma è una delle città più belle al mondo!

JONNY – Ma dove? È trascurata! Pensa che in pieno centro c'è ancora un palazzo tutto tondo, pieno di buchi, mezzo crollato...

DOTTORESSA – Il Colosseo!

JONNY – Eh! Ma perché non lo buttano giù e ci fanno una bella discoteca! Questa è l'Italia... gente al governo che se ne frega! Ci sono sempre i...

DOTTORESSA – I?

JONNY – Ci sono sempre quelli lì!

DOTTORESSA – Chi?

JONNY – Che poi io in tutti i posti dove vado faccio sempre le foto per ricordarmi della città... le vuoi vedere?

DOTTORESSA – Anche no!

JONNY – Guarda guarda... questa è Venezia...

...questa è Firenze...

...e questa, fratella... è il tramonto di Ibiza...

DOTTORESSA – Di ogni città hai immortalato l'elemento cruciale!

JONNY – No, non ce n'erano, di incroci... Vabbè comunque a Roma fratella, arrivo al multisala... spettacolo! Entriamo... visto che c'era un sacco di gente... per stare tranquilli... prima cosa, abbiamo comprato il popcorn. Trenta euro di popcorn, fratella!

Così vado dalla cassiera... sguardo sensuale... e le faccio: "Fratella... come si chiama quel film dove c'è quel pezzo che spacca!? Quello che fa Gnià–ah–ah–ah..."

E lei: *Vacanze di Natale.*

"Ti stimo fratella... sei veramente qualcuno!"

Poi mi guarda e mi fa: "Che spettacolo..."

"Anche tu sei uno spettacolo fratella!" Preeesa. Ma cosa ci faccio alle donne?

DOTTORESSA – Intendeva chiederti l'orario.

JONNY – Aspetta, sennò perdo il fuoco del discorso...
nel momento più triste del film...

DOTTORESSA – *Vacanze di Natale?*

JONNY – Quando non avevano ancora scoperto l'assas-
sino...

DOTTORESSA – Ma che film hai visto?

JONNY – La tipa di fianco mi fa sottovoce: "Oh!", proprio così mi fa, "Oh! La vuoi finire o no di man-
giarti i miei popcorn?" Preeesa! Forse è lei Vodàfone... boh?

DOTTORESSA – Si dice Vòdafone!

JONNY – Nuooo! Ma la conosci? Ma sei il numero uno,
fratella!

DOTTORESSA – Ma la conoscono tutti!

JONNY – No vabbè, se va con tutti non mi piace! Io
voglio una persona seria.

DOTTORESSA – Forse non hai capito bene...

JONNY – Invece mi sa che ho capito chi è 'sta
Vodàfone... secondo me è One Night che mi fa gli
scherzi: è gelosa. È un po' che mi manda dei messaggi strani... Ieri mi ha scritto: "Oh", proprio così
mi ha scritto, "Oh! Domenica sera a casa mia sei
stato fantastico". Crede di fregarmi... eh eh... io
domenica sera ero al Gilez!

65

5.

Start REC. Caso 2009 – "JONNY GROOVE"
Parla Giovanni Vernia.

Giovanni – Scusi il ritardo dottoressa.

Dottoressa – Tranquillo Giovanni, mi hai portato i certificati di nascita tuo e di tuo fratello che ti avevo chiesto?

Giovanni – No, ho fatto domanda ma purtroppo non è così semplice averli. Torno proprio da lì, ho fatto ritardo per quello, colpa della metropolitana.

Dottoressa – Eh, come faremmo a Milano se non avessimo le tre linee di metropolitana, la "gialla", la "verde" e la "rossa"?

Giovanni – Certo! Milano è proprio una città di M!

Dottoressa – Giovanni!

Giovanni – Intendo la M di metro! È piena di M, a tutti gli angoli. Per fortuna che abito vicino a una M, l'ho voluto io. C'è chi ti vende la "vista mare", a Milano ti vendono "la vista M", io abito a quella più di M... la linea rossa.

DOTTORESSA – Io la metropolitana non la prendo quasi mai.

GIOVANNI – Io ogni mattina, comincio il lunedì. Corro giù dalle scale, con tremila giornaletti in braccio: uno, "Metro", che nome originale, me lo dà l'ecuadoriano: è lì con gli occhi chiusi e dorme in piedi come facevo io al militare, si sveglia solo quando gli arrivi a mezzo metro e te lo infila sotto il braccio. Poi c'è "Leggo", te lo dà un siciliano, ti adocchia a duecento metri dall'ingresso, ti punta come un cane da caccia e ti viene incontro, se non lo prendi viene sotto casa con il giornale. Infine c'è "City", che me lo prendo io dal contenitore.

DOTTORESSA – Ma cosa te ne fai ogni giorno di tutti questi giornali sulla metro?

GIOVANNI – Un po' fa figo, mi fa sentire un uomo d'affari, sa quelli che leggono dieci quotidiani ogni mattina, il "New York Times", l'"Economist", il "Corriere", anche se io leggo che Marcello del *Grande Fratello 9* è stato nominato.

DOTTORESSA – Hai l'abbonamento alla metro?

GIOVANNI – No, preferisco il settimanale, perché mi ricorda che giorno è: lo vedo scritto sopra. A Milano il tempo è scandito dal settimanale, altrimenti per quanto si lavora, il mercoledì sembra già domenica e invece che andare al lavoro si va direttamente a comprare i pasticcini e i ravioli. Mi ricordo il primo giorno di lavoro… è stato come oggi, uguale.

DOTTORESSA – Ti va di raccontarmelo?

GIOVANNI – Certo, la prima cosa che mi ricordo è quel rumore di M... sono corso giù dalle scale col rischio di spaccarmi l'osso del collo, ma io dovevo assolutamente prendere quel treno... quello dopo passava addirittura dopo tre minuti!

Dottoressa – Non è mica un dramma!

GIOVANNI – No, si vede che non prende la metropolitana, dottoressa. Guai a perdere tre minuti, meglio rompersi l'osso del collo! Insomma... arrivo giù e il treno che sentivo, per il quale mi stavo ammazzando, era l'altro, quello che andava nella direzione opposta. Erano le otto e mezza, alle nove avevo la mia prima riunione, ma ero tranquillo. Guardo il tabellone elettronico, a Milano c'è il tabellone elettronico anche per l'atterraggio dei colombi, dicevo, guardo il tabellone elettronico e leggo "Treno in arrivo in 1 minuto". "Alura! Ancora 1 minuto?" È la fretta del milanese. Il milanese va sempre di corsa. Mi guarda e mi fa "Alura! Ma si può aspettare tutto questo tempo? Bisogna essere più veloci, o no?"

DOTTORESSA – Ma i milanesi sono così, devono protestare sempre! Sono milanese anche io.

GIOVANNI – Eh, ma non aveva tutti i torti, la linea rossa è così: lunedì ritardo, martedì incidente, mercoledì guasto, giovedì manutenzione, venerdì pesce, sabato pizza. È la linea più sfigata di Milano, quella che già a marzo per il caldo che ci fa dentro ci coltivano i fichi d'India, sui fichi d'India dell'Esselunga c'è il cartello "Provenienza: linea

68

rossa". L'indiano con i fiori che di solito ride sempre sulla linea rossa non ride più. Insomma, arriva il treno, faccio il mio quotidiano incontro di lotta greco-romana con il gruppo di signore "d'a Calabbria" che si vogliono accaparrare il posto per prime "perché pagaru 'u bigliettu e s'anno a sedèri!", mi trovo un bell'angolino tutto mio, mi metto a posto la cravatta e mi godo il mio "Leggo"… ma il treno non parte.

Le porte non si chiudono, guardo l'orologio: otto e trentadue. Calma. C'è ancora tempo.

Ma le porte non si chiudono. Mi guardo intorno, tutti cominciavano a sbuffare e a guardare l'orologio.

"Alura! Ci vogliamo muovere o no?" Era sempre lui, lo Schumacher della Padania, era in ritardo sul record della pista: "Qui dobbiamo andare a lavurà… o no?"

DOTTORESSA – Ma perché sempre a te questo "o no?" Vi conoscevate?

GIOVANNI – Macché! Cosa vuole che le dica dottoressa, si vede che ho una faccia da "o no".

Intanto erano già le otto e quarantacinque. "Vabbè" ho pensato "arriverò dieci minuti in ritardo."

Finalmente si chiudono le porte! Si parte! L'indiano ricomincia a ridere, io leggo il giornale… invece si riaprono di colpo!

DOTTORESSA – No! Di nuovo?

GIOVANNI – Voce con accento milanese:

"Alura! Comunicazione di servizio: causa guasto stazione di Pagano la circolazione dei treni subirà lievi rallentamenti".

DOTTORESSA – Immagino già le reazioni!

GIOVANNI – Infatti è partita subito la rivolta calabrese: "Io aiu pagatu 'u bigghiettu! 'U figghiu meu tene fame!" In quel frangente sono millisecondi in cui pensi "ora scendo, prendo la macchina, supero Pagano, parcheggio la macchina, riprendo la metro lì, in mezzora sono in ufficio, mezzora di ritardo, accettabile... devo decidere... scendo... no meglio di no... ma sì vado... e se poi riparte? E se poi non parte? Dai scendo!"
"Ma che minchia stai facendo? O trasi o non trasi!" mi grida Lady Anduia...

DOTTORESSA – E che hai fatto?

GIOVANNI – Niente, sono rimasto dentro! In tempo utile per trovarmi il milanese in faccia che mi fa: "Alura! Partiamo o non partiamo?" Poi mi guarda e aggiunge: "Con tutti i soldi che si prendono potrebbero anche mettere un segnale... o no?"
Ma che ne so io? Non capisco perché con tutta la gente che c'è continua a fare queste domande proprio a me... se volevo fare *Chi vuol esser milionario?* chiamavo Gerry Scotti.

DOTTORESSA – Ma i milanesi sono così, fattelo dire da una milanese doc.

GIOVANNI – Vabbè, finalmente 'sto treno si muove, parte.
Alla fermata dopo era pronta a salire una muraglia

umana di persone imbufalite per quanto avevano aspettato.

La voce dell'altoparlante milanese: "Alura! Lasciate scendere prima, lasciate sceeeeendere!" Nemmeno alle selezioni di *Amici*!

DOTTORESSA – Hai capito perché non prendo mai la metropolitana?

GIOVANNI – Il treno era stracolmo: "Mimmo, stai attento alla bambina che 'ngi cade 'u paninu!" "Ma che spinge ah? Talia a chistu… se spinge ancora una volta 'u pigghiu a mazzate ca ci fazzu avvidiri io."

E il milanese: "Ma è normale! Troppa gente… la gente deve entrare e spinge, o no?"

Io mi trovavo esattamente in mezzo all'Ambrogino D'Oro e Calabrator IV sperando che non scoppiasse il finimondo, sennò il primo che si beccava una cartella ero io! Faceva un caldo! Boccheggiava persino il culturista con la maglietta "So' fort".

DOTTORESSA – Ma non è un viaggio, è un incubo!

GIOVANNI – E non è finita! A un certo punto sentiamo un suono, dlin dlooon: "Alura: causa guasto stazione di Pagano, tutti i treni subiranno un ritardo. Imprecisato".

"Bastardi! Figghi 'i buttana!" era la Contessa d'Aspromonte!

"E vabbè sciùra…" interviene tentando di tranquillizzarla l'intrepido milanese "ma se c'è un guasto che colpa ne hanno questi qui, o no?"

"Ma vafanculu tu e o no!"

71

DOTTORESSA – Vedo che è riuscito a tranquillizzarla.

GIOVANNI – E ha concluso: "E tu levati cu 'sti cazzu di fiori, ca mi fannu allargìa!" rivolta al povero indiano che era capitato in mezzo.

Finalmente si chiudono le porte e il treno riparte, torna la calma se non fosse per una cimice che durante la sosta era entrata nel vagone e creava scompiglio svolazzando.

DOTTORESSA – Pure la cimice!

GIOVANNI – Ma la cosa più bella è che si era andata a poggiare su un maniglione e un punkabbestia che a spanne non si lavava da tre mesi emanando un olezzo che non le dico e che, ovviamente, era capitato vicino a me, esorta tutti esclamando: "Non schiacciatela! Buttatela fuori altrimenti puzza!" Non posso dirle per educazione cosa ha risposto la signora calabrese.

DOTTORESSA – Ma a che ora sei arrivato a lavoro?

GIOVANNI – Alle nove e quaranta! Mi sono presentato in ufficio, il mio capo mi ha guardato, si è acceso una sigaretta e mi ha domandato: "Ingegner Vernia lei sarebbe qui per lavorare?" "Sì, mi scusi..."

"Io nella mia vita ne ho viste veramente di tutti i colori, pensavo di averne viste di tutti i colori, ma lei mi ha tolto anche questa certezza."

"Non so come scusarmi, se vuole vado via direttamente."

"Sta scherzando? Una persona che viene a lavorare il giorno prima del suo primo giorno di lavoro è assolutamente encomiabile. Complimenti!"

DOTTORESSA – Ma come il giorno prima?

GIOVANNI – Eh lo so. Avevo sbagliato orologio e avevo preso quello di mio fratello che era un giorno avanti, per non parlare dell'anno che era fermo al 1954!

6.

Start REC. Caso 2009 – "JONNY GROOVE"
Parla Jonny Groove.

JONNY – Fratella... dobbiamo festeggiare!

DOTTORESSA – Che è successo?

JONNY – Mi hanno preso al lavoro!

DOTTORESSA – Bravo! cos'è, un Co.Co.Pro?

JONNY – Salute.

DOTTORESSA – Intendevo dire, è a tempo determinato?

JONNY – No no, bisogna andare con qualsiasi tempo.

DOTTORESSA – D'accordo... che lavoro è?

JONNY – Volantinaggio, devo volantinare tre ore al giorno... che io sono cintura nera di volantini, fratella!

DOTTORESSA – Davvero?

JONNY – Certo, l'ho imparato a New York che lì è pieno di volantinatori!

DOTTORESSA – Sei stato in America?

JONNY – Spettacolo fratella, lì sono veramente avanti... Pensa che tutti conoscono l'inglese fin da piccoli...

eh... ho fatto un sacco di foto che non trovo più fratella... belle eh! Sai con quella macchina usa e getta? È comoda, perché prima fai le foto... e poi... Nuooo!

DOTTORESSA – Niente foto...

JONNY – Vabbè... comunque a New York spettacolo... ero sotto quella statua di donna... quella con il cerchietto...

DOTTORESSA – Con il cerchietto?

JONNY – Quella con il gelato in mano...

DOTTORESSA – Con il gelato?

JONNY – La Statua della verità!

DOTTORESSA – Della libertà!

JONNY – Ma sei veramente qualcuno dottoressa!
Ho puntato una straniera... mi avvicino e gli faccio: "Fratellas! Io itàliano!"
Lei si gira e mi fa: "Uè...vattìnn!"
Era francese... preeesa!

DOTTORESSA – Ma sarà stata campana, no?

JONNY – Non lo so come cantava, comunque la francese parlava anche un po' italiano, così la sera, visto che eravamo a New York, l'ho portata in pizzeria.

DOTTORESSA – A New York?

JONNY – Certo fratella, fanno delle pizze giganti.

DOTTORESSA – Lo so, me l'ha detto tuo fratello.

JONNY – Nuooo! Mio fratello fa il pizzaiolo in America?

DOTTORESSA – No.

JONNY – Ah... ecco cosa ci va a fare sempre... le pizze!

DOTTORESSA – Non fa le pizze, ha mangiato la pizza e non gli è piaciuta.

JONNY – Ma mio fratello è fuori! Ma se fanno la pizza migliore d'Italia!

DOTTORESSA – D'America.

JONNY – Eh?

DOTTORESSA – La pizza se la mangi a New York non può essere la migliore d'Italia.

JONNY – Vabbè come vuoi tu... comunque ho ordinato una maximargherita che è la mia pizza preferita, alla tipa le piaceva, mi diceva sempre "iàmme, iàmme" aveva fame.

DOTTORESSA – Voleva dire "andiamocene", era partenopea.

JONNY – Nuooo, ma la conosci? E mi fai parlare tutto questo tempo? Hai capito la dottoressa? Ha le amiche francesi!

DOTTORESSA – Senti Jonny, io non so come farmi capire da te! Comunque mi stavi parlando del fatto che avevi trovato lavoro.

JONNY – Ah sì... ho cominciato da oggi, ho appiccicato i volantini su un sacco di macchine... pensa che ne ho trovata una qui sotto che sembrava abbandonata, vecchia, sporca.

DOTTORESSA – Una Tipo?

JONNY – Sì, tipo una macchina vecchia...

DOTTORESSA – Nel senso, una Fiat Tipo?

JONNY – Ah, non lo so... comunque faceva schifo, gli ho attaccato il volantino con la colla... ih ih... poi ci ho scritto sul vetro di dietro "Lavami fratello" e poi di lato dove c'era un orsacchiotto appeso gli ho disegnato con la chiave un coniglietto, con i baffi e la coda.

DOTTORESSA – Il pupazzo era arancione?

JONNY – Sì!

DOTTORESSA – A forma di papera?

JONNY – Sì!

DOTTORESSA – Con la lingua rossa?

JONNY – Ma sei la numero uno! Come fai a saperlo?

DOTTORESSA – La macchina è la mia!

JONNY – Nuooo!

DOTTORESSA – Eh!?

JONNY – Non gli ho disegnato le orecchie!

7.

Start REC. Caso 2009 – "JONNY GROOVE"
Parla Giovanni Vernia.

GIOVANNI – Buongiorno dottoressa, oggi ha davvero una brutta faccia.

DOTTORESSA – Tuo fratello mi ha distrutto la macchina.

GIOVANNI – Non ci credo...

DOTTORESSA – Duemila euro di danni, mi ha disegnato un mostro senza orecchie sulla portiera, ho bisogno di rilassarmi.

GIOVANNI – Vengo un'altra volta?

DOTTORESSA – No no, a proposito: sei riuscito ad avere i certificati di nascita tuo e di tuo fratello?

GIOVANNI – Ancora no. Ma perché me li richiede ogni volta?

DOTTORESSA – Per me sono abbastanza urgenti.
Ma non ti preoccupare, cerca di portarli la prossima volta.
Cominciamo: metto un po' di musica. Ti dà fastidio la musica?

GIOVANNI – No anzi, per una volta non ascolto quello scempio che mette mio fratello...

DOTTORESSA – Ti piace questa? È blues. A me piace perché è nato dalla sofferenza di un popolo che ha combattuto nei campi di cotone per la libertà... Giovanni? Ma stai piangendo?

GIOVANNI – No, niente... è che il blues è una musica che ti entra nel sangue, nella mente, è bella e ti mette allegria.

DOTTORESSA – Vuoi un fazzoletto?

GIOVANNI – Grazie. Ma come si fa a non piangere con una musica così?

La prima volta che sono entrato in un locale blues, a Portland, ho fatto le condoglianze alla cassiera.

Lei mi ha detto: "Italian? I like Bologna, I like Florenzia..."

"Ma vaffanculo" le ho risposto "come puoi scherzare in un momento simile!"

DOTTORESSA – Forse è meglio che spenga, tieni, bevi un po' d'acqua...

GIOVANNI – Grazie... gassata?

DOTTORESSA – No, leggermente frizzante.

GIOVANNI – Frizzante o no?

DOTTORESSA – Leggermente.

GIOVANNI – Scusi dottoressa, o è frizzante o è liscia, cosa mi significa leggermente?

DOTTORESSA – Significa non troppo...

GIOVANNI – Ma non ha senso...

DOTTORESSA – Giovanni, la vuoi o non la vuoi?!

GIOVANNI – Leggermente.

DOTTORESSA – Oh!... cos'è questa?

GIOVANNI – Niente, dev'essere capitata leggermente per sbaglio.

DOTTORESSA – La vuoi finire!?

GIOVANNI – Sì, scusi... è il viaggio che ho fatto l'anno scorso a Cuba, in un villaggio turistico. Due disgrazie in una...

DOTTORESSA – Davvero? Anche io sono stata l'anno scorso a Cuba, mi sono divertita tantissimo.

GIOVANNI – Io l'ho odiato quel viaggio.

DOTTORESSA – Per colpa di tuo fratello?

GIOVANNI – No, lui per fortuna non c'era, era andato a Mykonos.

DOTTORESSA – E come mai non ti sei trovato bene a Cuba?

GIOVANNI – Appena arrivato era tutto bello, all'aeroporto la prima cosa che mi ha accolto è stata la classica musica cubana, lenta, cantata e già cominciavo a sognare a occhi aperti: sabbia bianca, mare cristallino, sole, puro relax senza nessuno che ti disturba, quando improvvisamente sento da dietro: "Etaliano?" Era un cubano che mi fa: "Te gusta langosta?"

"L'aragosta? Buona!"

"Mira, Mira!"

"Miro, Miro."

"Mira, Mira."

"Miro."

"Mira, Mira."

"Miro!"

"Mira, Mira!"

"Ho capito" gli ho detto "dimmi cosa devo mirare e miro!"

"Jo conosco" mi dice "uno restaurante dove tu puede comer" cioè mangiare "langosta y camaronas" che non ho ancora capito cosa sono "por solo dieci euro."

"Però" gli faccio "dieci euro? Come mai?"

E lì sento in lontananza la solita esperta milanese, perché si sa, l'esperto di mare è milanese, da generazioni, sarà perché hanno l'Idroscalo, che dice: "Ma è normale!" perché poi ai milanesi non li stupisce niente, è sempre tutto normale.

"Allora, ti spiego il giochino: siamo a

81

Cuba, barriera corallina, le aragoste vengono da sole sulla riva e ti saltano addosso. O no?"

Era la tipica milanese, già abbronzata prima di iniziare la vacanza: in confronto Carlo Conti è un viso pallido.

Aveva i jeans Armani, la maglietta Dolce & Gabbana, le valigie Louis Vuitton e gli occhiali Gucci. Ogni tanto gli occhiali Gucci non le piacevano e così se li cambiava e si metteva i RayBan. Ogni tanto anche i RayBan non le sembravano adatti alla situazione e li cambiava con un paio di Christian Dior.

Effettuava l'operazione con la maestria di un prestigiatore e lo faceva così spesso e velocemente che a volte non riusciva a togliere quelli che già aveva e si trovava con due o tre paia di occhiali sovrapposti.

Per quanto riguarda le scarpe aveva un paio di espadrillas. Cosa che in effetti ha lasciato un po' spiazzati tutti, dall'elemento ci si aspettava perlomeno un paio di Manolo Blahnik con tacco dodici. Lei invece sosteneva che "le espadrillas sono molto trendy".

DOTTORESSA – In effetti le espadrillas sono veramente trendy!

GIOVANNI – Mah... cose di donne, non voglio entrarci.

Per fortuna arriva il pullmino per il villaggio, saluto il cubano, mi siedo e parto ascoltando la solita musica cubana, lenta, cantata.

Due ore di viaggio con la stessa musica su strade

piene di buche, polvere ovunque, quarantacinque gradi: una specie di Salerno-Reggio L'Avana.

Arriviamo al villaggio, scendo dall'autobus per prendere le valigie che sono sul portapacchi e penso: "Meno male che le ho comprate gialle, così le riconosco subito".

Sbagliato. Tutte le valigie sono sepolte da un metro di terra sul portapacchi che per ritrovarle ci vuole un archeologo. Dopo ore di ricerche con lente e pennellino si gira Indiana Jones e dice: "La valigia non c'è, però ho trovato il Santo Graal".

In quel momento mi sono accorto che una delle due valigie non era arrivata!

DOTTORESSA – No! Anche a me è successo una volta, è veramente fastidioso!

GIOVANNI – Fastidioso? Non le dico cosa ho detto! In tutto questo sento da dietro: "Eh, ma è normale" la stessa milanese dell'aeroporto che commentava "ti spiego il giochino: troppe valigie, troppi turisti, è normale che se ne perda qualcuna. O no?"

Ma poi non capivo questo "o no?" Che odio! L'avrei voluta strozzare!

Vabbè, tutto sudato entro nella hall dell'albergo dove ci sono ancora quarantacinque gradi e mi accoglie lo stesso sottofondo musicale cubano, lento, cantato, tant'è vero che ho chiesto alla receptionist: "Bello questo disco, ma ce ne sono anche altri a Cuba?"

E lei: "Italiano?" "Sì, italiano."

"Mira, Mira, Mira…"

83

"No, non miro! Voglio le chiavi della camera che mi devo fare una doccia!" Arrivo in camera, mi insapono tutto per levarmi quella polvere che mi era entrata pure nelle orecchie, giro la manopola dell'acqua ed esce un filo d'acqua bollente, che per sciacquarti ti ci vogliono dieci anni. Vabbè, scendo e vado al bar.

Il bar si riconosce perché si sente la musica cubana, lenta, cantata e il gruppo suona dal vivo, non lo puoi neanche spegnere!

Chiedo al barista un mojito e lui: "Italiano?"

"Sì, italiano, non chiedermi di mirare che sono così incazzato che se miro stavolta ti prendo! Portami un mojito bello fresco, per favore."

Mi porta il mojito... bollente!

"Mi scusi" faccio al barista "ma è caldo, il mojito" e da dietro sento: "Ma è normale" sempre lei, la Zichichi della Brianza "non si prende il mojito a Cuba. Ti spiego il giochino: siamo a Cuba e si beve il Cuba Libre! O no?"

Per fortuna che non riuscivo a vederla bene sennò l'avrei uccisa, che poi la cosa antipatica è che commentava in lontananza e ti arrivavano questi "o no?" in sottofondo! Ma poi, sempre con questo "giochino"!

Vabbè... dopo tre giorni che giravo in mutande arriva finalmente la valigia. Potevo vestirmi decentemente, ma non come i classici italiani.

DOTTORESSA – Cioè? In che senso?

GIOVANNI – Beh, perché l'italiano non vede l'ora di

sfoggiare alla cena del villaggio tutto il suo guarda-
roba per far vedere veramente chi è. Non aspetta
altro! L'italiano a cena si trasforma, sembra sia alla
notte degli Oscar, è un 740 che cammina e tutto
questo per degustare il celebre buffet all inclusive.
L'effetto del buffet all inclusive, dottoressa, è che
parti che sei cinquanta chili e finisci la vacanza
che ne pesi centoventi.

DOTTORESSA – Anch'io sono ingrassata due chili a Cuba!

GIOVANNI – Riempi il piatto di quattro primi, cinque
secondi e diciotto dolci...

DOTTORESSA – Che ti mangi prima dei primi sennò te li
fregano.

GIOVANNI – Infatti! E la cosa bella è che il primo giorno
ti mangi tutto perché è tutta novità, il secondo giorno capisci che il buffet è lo stesso del giorno prima
sistemato in maniera diversa, ma te lo mangi perché l'hai pagato, dal terzo giorno scatta la lotteria
"Trova la polpetta del primo giorno". Non ce la facevo più, non solo perché mangiavo polpette da tre
giorni, ma perché nel villaggio c'era sempre quella
musica cubana, lenta, cantata che sinceramente un
pochino mi aveva rotto le palle. Esco e al primo che
incontro domando: "Cubano? Tu conosci un restaurante dove se puede mangiar langosta y camaronas,
che ancora non ho capito che cazzo sono,
por solo dieci euro? Andiamo, che sono
sei giorni che mangio polpette!" Dopo
un'ora in mezzo alla giungla con uno sco-
nosciuto che mi racconta la sua vita,

arrivo in un cortile e vedo i topi che giocano a calcetto.

"Scusa, ma il ristorante?" gli chiedo.

E lui: "Està Achì! Alla mi casa".

"Ahh! Hai capito" faceva l'esperta milanese "o no? Ma è normale!"

Ci credo che paghi dieci euro... mangi con i ratón!

Comincio a mangiare con diciotto persone, tutti i suoi familiari, che mi guardano senza parlare e con un vecchio che mi fuma il sigaro in faccia e mi canta la classica pallosa musica cubana, lenta!

Ho mangiato tutto a base di aragosta: aragosta alla brace, lessa, scottata, insalata di aragosta, succo di aragosta, vino all'aragosta... ho mangiato più aragosta io in un'ora che uno squalo in dodici anni.

Appena mi è arrivato il sorbetto all'aragosta gli ho chiesto: "Scusa, ma non ci sarebbero delle polpette? Così, tanto per cambiare gusto!"

Serata indimenticabile... ho mangiato quattro chili di langosta e quattro di camaronas crudi, che non ho ancora capito cosa sono, e sono tornato al villaggio con un simpaticissimo, inaspettato e formidabile attacco di coliche! E mentre ero nella hall che passeggiavo su e giù e mi contorcevo dal dolore pensavo: "Ma saranno stati i camaronas crudi?"

DOTTORESSA – Ma è normale... non si mangiano i camaronas crudi a Cuba! O no?

GIOVANNI – Nooo! Non mi dica che la milanese del villaggio era lei?

DOTTORESSA – Eh già... hai capito il giochino?

8.

Start REC. Caso 2009 – "JONNY GROOVE"
Parla Jonny Groove.

JONNY – Dottoressa, ti devo chiedere scusa per la macchina...

DOTTORESSA – Non ti preoccupare.

JONNY – Lo so, non dovevo fare una cosa così...

DOTTORESSA – Non fa niente...

JONNY – Ma come ho fatto a scordarmi le orecchie? Se vuoi le aggiungo ora!

DOTTORESSA – Stai fermo! Ti ho detto che non fa niente... piuttosto, mi ha detto tuo fratello che l'anno scorso sei stato a Mykonos.

JONNY – Spacca Mykonos, fratella... fanno le feste la notte, con le donne, tutti in costume! Perché Mykonos è l'isola del peccato!
Tu vai lì e dici: "Posso entrare?"
"No!"
"Peccato!"
Io vado sempre a ballare al Cavo Paradiso, che io e la cassiera... siamo così...

ogni volta che entro mi fa: "Ehi tu! Vieni qua! Devi pagare l'entrata". Preeesa!

DOTTORESSA – Com'è Mykonos?

JONNY – Nuooo!

DOTTORESSA – Che c'è?

JONNY – Ma io... sono stato a Mykonos!

DOTTORESSA – E qual è il problema?

JONNY – Ma allora sono gay!

DOTTORESSA – Ma non per forza!

JONNY – Mi sembrava di no, però... boh!
Allora ora che sono gay devo comprarmi i vestiti di Dolce & Gabbana. Devo comprarmi le creme per le rughe...

DOTTORESSA – Ma che dici!

JONNY – Nuooo! Disastro!

DOTTORESSA – Cosa?

JONNY – Devo cambiare il profilo su MySpace! Non sono capace, è difficile! Ci ho messo sei mesi a fare quello di adesso! E mi devo reiscrivere di nuovo a Facebook! Non mi ricordo mai la password!

DOTTORESSA – È sempre "Gilez" la tua password!

JONNY – Nuooo! E adesso chi glielo dice a One Night che sono gay? Che poi ora te lo dico, fratella... non è vero che One Night me l'ha data una volta sola...

DOTTORESSA – Ah ecco!

JONNY – Non me l'ha mai data! Comunque anche se sono gay... spettacolo, a Mykonos ero al Cavo Paradiso, questo luogo d'incontro, dove ci si incontra per incontrarsi per avere incontri di incontro che ci si incontra...

DOTTORESSA – Ho capito! Dove ci s'incontra!

JONNY – Nuooo, ma ci sei stata pure tu? Ma sei la numero uno, fratella!

DOTTORESSA – Non ci sono stata!

JONNY – Lo sapevo che eri avanti! Vabbè... incontro una straniera, vado da lei, sguardo sexy, comincio a parlarle della mia vita, della mia prima lampada, del gel all'albicocca, insomma ci siamo seduti sul muretto... atmosfera spettacolo, il mare, le stelle, il profumo della salsaggine...

DOTTORESSA – Salsedine.

JONNY – Eh?

DOTTORESSA – Salsedine, si dice salsedine.

JONNY – Chi lo dice?

DOTTORESSA – Nessuno, lo dico io.

JONNY – Perché?

DOTTORESSA – Vabbè, poi te lo dico, vai avanti!

JONNY – A un certo punto non ce la facevo più, gliel'ho detto: "Fratella!"

DOTTORESSA – Cosa?

JONNY – "Sai che ho superato il primo livello di Mortal Kombat?" Preeesa, fratella!

DOTTORESSA – Non ho parole!

JONNY – All'improvviso parte quel pezzo che spacca... l'ho presa, siamo saltati su un cubo blu con le luci che sparavano, abbiamo cominciato a saltare... troppo bello! A un certo punto, arriva uno e mi fa: "Oh!" proprio così "Oh! Vuoi scendere o no dal tetto della volante?" Tempo zero alla tipa le piacevo...

mi porta a casa sua e le chiedo: "Oh! Ma come ti chiami?" E lei: "Armando".

DOTTORESSA – Armando?

JONNY – Nuooo! Come Maradona!

DOTTORESSA – Scusa se t'interrompo, ma cosa ti sei fatto alla mano?

JONNY – Niente fratella, ieri sera al Luna Park!

DOTTORESSA – Sei caduto dalle montagne russe?

JONNY – No fratella, ma capitano tutte a me!

L'altra sera ero in coda al Gilez e vedo una tipa spettacolo. Mi avvicino, sguardo sensuale e le faccio: "Oh! Oh! Ma io e te non ci siamo già visti da qualche parte?" E lei: "Stamattina a colazione?" Nuooo! Era mia sorella!

Vabbè comunque mi sono fatto la tessera vip, che io ce le ho tutte, le tessere vip. Costava duecento euro, ma io e il pr siamo fratelli. Mi fa: "Da te soldi non ne voglio!" Ho pagato con il bancomat!

A un certo punto hanno messo quel pezzo che spacca, mentre ballavo ho puntato una tipa, mi sono avvicinato, le ho offerto il mio cocktail preferito, quello che prendo sempre, con il ghiaccio, il limone, buono è!

DOTTORESSA – Sì, ma come si chiama?

JONNY – Vabbè, allora per colpire la tipa, le ho raccontato una barzelletta troppo bella!

Eh eh eh eh eh... Eh eh eh eh eh... Eh eh eh eh eh... Eh eh eh...

DOTTORESSA – Jonny, la vuoi finire di ridere?

JONNY – Rido perché fa troppo ridere, la vuoi sentire?

DOTTORESSA – Anche no!

JONNY – Allora: ci sono un inglese, un francese, no no allora: c'è Pierino, la maestra, Gianburrasca... ahhhh! Ora mi ricordo! Il mio cocktail preferito è il Gin tonic!

DOTTORESSA – Jonny, non riesci a concludere un discorso! Che c'entra il Luna Park?

JONNY – Ah sì...

Siccome alla tipa le piacevo, ieri sera ho organizzato una seratina romantica: l'ho portata al Luna Park! Mossa tattica!

Zucchero filato, pesciolino rosso e Bruco Mela!

All'improvviso sento quel pezzo che spacca, comincio a ballare e a un certo punto dall'altoparlante si sente: "Oh! Ti levi o no dalla pista degli autoscontri?" Eh eh eh... Ce l'aveva con me!

Così a fine serata per fare il figo prendo la tipa e la porto al mio gioco preferito: pugno magico. Che io sono cintura nera di pugno magico!

Allora metto il gettone... carico il colpo... sbaaam!

"Fratella" le dico "guarda il punteggio!"

"Fratella?"

"Fratella?"

DOTTORESSA – Hai tirato un pugno alla ragazza?

JONNY – Preeesa!

È che c'aveva il cappello dello stesso colore del pallone! Scusa fratella... ti stimo!

9.

Start REC. Caso 2009 – "JONNY GROOVE"
Parla Giovanni Vernia.

DOTTORESSA – Cosa sono quelle occhiaie, Giovanni?

GIOVANNI – Lasci perdere, ho avuto la malaugurata idea di festeggiare il compleanno insieme a mio fratello.

DOTTORESSA – Era il tuo compleanno? Non lo sapevo, auguri. A proposito di compleanno, sei riuscito ad avere i certificati di nascita tuo e di tuo fratello?

GIOVANNI – Non ancora dottoressa. Ma stia tranquilla, mi hanno assicurato che fra una settimana sono pronti.

DOTTORESSA – Va bene. Mi dicevi del compleanno: dove l'avete festeggiato?

GIOVANNI – Ha deciso che dovevamo festeggiarlo in discoteca, al Gilez.

DOTTORESSA – È riuscito a farti andare in discoteca? Non ci credo! Proprio tu che le odi! Com'è andata, ti sei divertito?

GIOVANNI – Un incubo!

Tutto è cominciato dal parcheggio, un parcheggio enooorme e vuoto!

Arrivo e davanti c'era un ragazzo anche lui enooorme... come il parcheggio... vuoto!

"Sono il festeggiato" gli dico "dovrei entrare."

Entro, vado nel parcheggio tutto vuoto vicino all'entrata... ma no, non va bene. "Devi andare un po' più in là" mi dice il tipo.

"Ma se è vuoto?"

"Vai vai... muoviti che blocchi la fila!"

"Un po' più in la" dottoressa, è a dieci chilometri dalla discoteca, in una palude di fango dispersa nella pianura padana, tutta buia, e anche se hai pagato il locale per festeggiare devi pagare pure cinque euro per il parcheggio!

Posteggio nel punto più vicino in linea d'aria all'ingresso della discoteca, ma la macchina trova una strana resistenza e non procede.

DOTTORESSA – Ti eri impantanato?

GIOVANNI – No, era un altro buttafuori enorme, bloccava la mia macchina tenendola dal paraurti, e con modi garbati mi diceva: "Non lì! Segui quelle luci!"

"Guarda che l'ultima che l'ha fatto si chiamava Giovanna D'Arco e non è che sia finita bene" gli rispondo.

Per farle capire il livello lui mi guarda malissimo, e mi dice: "Io mi intendo solo di calcio, niente archi".

DOTTORESSA – Mi ricorda qualcuno...

GIOVANNI – Non a caso è il suo ambiente naturale. Per favore non giri il coltello nella piaga! Comunque "Quelle luci" era un povero filippino a dieci chilometri di distanza con due cosi illuminati sulle braccia, sembrava un Playmobil electric: si sbracciava in mezzo al fango e a ogni movimento sprofondava un po' di più, se non mi sbrigavo lo perdevo e non sapevo più in quale luogo del pianeta mi trovavo. Parcheggio. Scendo nel buio pesto, nella nebbia, nell'umidità, in mezzo ai pipistrelli che volavano minacciosi e il primo pensiero è stato: "Ma la mia macchina qui sarà al sicuro?"
Proprio in quel momento una delle amiche di Jonny che mi ero dovuto portare dietro mi dice con voce pacata: "Gioò? Puoi aprire il bagagliaio che devo nascondere la borsetta? Fai presto così non ci vedono!"
Sì, non ci vedono ma ci sentono anche in Congo. E lei: "Cinzia? Cicciii? Io il portafogli lo lascio nel baule".
E l'altra: "Ah ok, allora lo lascio anche io! Tanto Giò lo lasci pure tu nel bauletto, vero?"
Ascolta, perché già che ci sei non scrivi sui vetri con il rossetto anche il codice del mio bancomat? Dopo aver camminato nel fango per mezzora, tirando fuori le tipe che rimanevano bloccate coi tacchi, finalmente arriviamo all'entrata: un covo di buttafuori, è il loro habitat naturale. Si salutano con una testata, poi uno fa: "Huuuuu" e tutti rispondono "Heeeeee".

Lì parlano dei più svariati argomenti: palestra, donne, donne, palestra e a volte anche di donne e palestra.

Hanno tutti l'auricolare con Boncompagni che gli parla di donne e palestra.

Non ti guardano ma ti dicono: "Spostati di qua".

Poi interviene l'amico, quello che sa parlare, perché in mezzo a tre almeno uno deve sapere tre verbi: "Ce l'hai l'invito?"

"Sono il festeggiato" gli dico.

"Non vai bene" mi fa.

Alludeva al mio look. Non avevo la giacca.

DOTTORESSA – Ma se il compleanno era il tuo?

GIOVANNI – Infatti, è quello che gli ho detto! Ma loro hanno questa frase standard da dire per mandare indietro le persone, ho visto gente umiliarsi, andare in macchina a cambiarsi, a petto nudo, prendersi broncopolmoniti, cambiandosi al momento, tornare e dire: "Vado bene così?" "E così?"

DOTTORESSA – Non ci credo!

GIOVANNI – Sì! E pur di entrare si portano la valigia con i cambi. La cosa che però mi fa innervosire non poco è che a dirtelo non è il cerimoniere di Buckingham Palace, ma una specie di tronista con i pantaloni di fustagno color cacchetta, che se solo dovesse sapere della loro esistenza Giorgio Armani si inietterebbe da sé il virus dell'Ebola.

Vabbè, entro e mi blocca un'altra presenza fissa dell'entrata della discoteca: il pr.

Lo capisci che è lui perché salta qua e là, conosce tutti e li saluta come fossero suoi parenti: è il Bruno Vespa della disco! Li bacia tutti. Sembra affettuoso, invece è un verme, ti tiene lì con lui all'ingresso tutta la sera promettendoti che "tra un po' entri".

"Ancora? Sono due ore che sono qui" gli faccio "io sono il festeggiato!"

Finalmente entro, subito arriva un tipo e mi fa: "Uè fratello, ma tu sei il fratello di Jonny? Dammi il cinque!"

"Ma chi t'ha mai cagato?" Scusi dottoressa, ma il solo fatto che fosse un amico di Jonny mi indispettiva.

Faccio un giro per trovare Jonny, ho passato la serata a fare giri e ad andare in bagno! A un certo punto parte la vocalist: "Eccoci quiii! Siete pronti per la serata più trasgressivaaa? Più eroticaaa? Più sensualeee?" Sembra sempre un film porno, poi tutte le volte vai a casa da solo.

Musica a palla, parte uno in mezzo alla pista e fa: "Oh!" si esibisce in un movimento stranissimo e ridono tutti.

E l'altro: "Oh!" imitandolo, e ridono come pazzi, andando avanti così per tutta la sera.

Un branco di deficienti!

DOTTORESSA – E in tutto questo, tuo fratello?

GIOVANNI – Non è venuto, non si ricordava quand'era nato.

10.

Start REC. Caso 2009 – "JONNY GROOVE"
Parla Jonny Groove.

DOTTORESSA – Jonny, ma cosa hai combinato? Non sei
   andato alla tua festa di compleanno?
JONNY – Non me ne parlare fratella, ogni anno così!
   Mi scordo. È che mi confondo sempre con la mia
   data di nascita, c'ho sempre in mente il 6 gennaio,
   Natale.
DOTTORESSA – Il 6 gennaio non è Natale!
Jonny – Vabbè, il 7.
DOTTORESSA – Nemmeno!
Jonny – Che poi il Natale spacca, fratella, io però non
   c'ho mai creduto a Babbo Natale, gliel'ho
   pure scritto nella lettera:
   "Fratello, secondo me non esisti".
   E lui mi ha pure risposto:
   "Allora perché mi hai scritto la lettera?"
   Eh eh eh… che figura! Poi siamo
   diventati amici, mi dava pure i consigli.

DOTTORESSA – Babbo Natale?

JONNY – Certo fratella! Mi ha lasciato pure il numero di telefono.

DOTTORESSA – Ma che stai dicendo?

JONNY – Eh eh eh... è un segreto! Una sera, durante le feste, quando i miei genitori se ne sono andati al cinema, ho trovato il suo biglietto con il suo numero.

DOTTORESSA – Non ci credo!

JONNY – Oh fratella, ma non lo devi dire a nessuno, ce l'ho solo io!

DOTTORESSA – Ma non ce l'ha il telefono, Babbo Natale!

JONNY – Ma che dici? Non ci credi? Lo vuoi sapere? Ti faccio vedere il biglietto che mi ha lasciato.

PICCOLO MIO PER QUALSIASI
PROBLEMA QUANDO NON CI SONO
MAMMA E PAPA' CHIAMA QUESTO
NUMERO (113)
E CHIEDI AIUTO!
BABBO.

Una sera dovevo uscire con una tipa, l'ho chiamato al 113 e ho detto: "Babbo Natale, i miei genitori non ci sono, devo uscire con una tipa, che faccio? La porto al Gilez o la porto a fare una lampada?"
"Ma chi parla?" mi fa.
"Sono Jonny, fratello! Anzi, visto che sei Babbo Natale, mi porti pure un barattolo di gel all'albicocca che mi è finito?" "Dimmi dove abiti" mi ha detto "che ti mandiamo il 118." E mentre chiudeva ha parlato nella sua lingua e ha pure detto: "Stu chi te muort'! Adda scassà 'o cazz' a mmè!" Che non so cosa vuol dire però gli ho detto: "Sei il numero uno Babbo Natale! Ti stimo!"

DOTTORESSA – E come è finita?

JONNY – Niente, non è venuto perché c'era un'ambulanza che girava sotto casa e lui non si voleva far vedere, ma quando mi serve lo chiamo sempre.

DOTTORESSA – Jonny, hai bisogno di una vacanza!

JONNY – Ma sono appena tornato, fratella!
Sai dove sono stato? A Barcellona... spettacolo!
Nuooo... ho perso il telefono! Disastro! Sono brutto senza telefono!

DOTTORESSA – Dai Jonny non fare così, tirati su.

JONNY – Avevo tutte le suonerie nuove.

DOTTORESSA – Jonny, tirati su.

JONNY – Avevo imparato da poco il pin, non ce
la faccio a imparare un altro pin!

DOTTORESSA – Tirati suuu!

SUGGERIMENTO: PER VEDERE IL MOVIMENTO DI RISALITA DI JONNY SFOGLIARE VELOCEMENTE IL LIBRO

JONNY – E adesso come faccio se mi chiama "Donna Moderna"?

DOTTORESSA – Chi è "Donna Moderna"?

JONNY – È una mia amica, la chiamo così perché esce solo il giovedì.

Vabbè se mi chiama le dico che ho perso il telefono… eh eh eh…

DOTTORESSA – Ma se l'hai perso come fai a rispondere?

JONNY – Hai ragione fratella, non rispondo.

Comunque oh! Barcellona è uno spettacolo, non c'è niente da fare, sono troppo avanti in Francia… tre giorni sempre a ballare… ero distrutto!

Per tornare ho trovato posto in aereo per miracolo. Tutto il viaggio a dormire!

Arrivo a Milano Linate, scendo… Nuooo! Ma ero andato in macchina!

DOTTORESSA – Adesso devi ritornare a Barcellona!

JONNY – Perché?

DOTTORESSA – Come perché? Hai lasciato la macchina a Barcellona.

JONNY – Nuooo, ma come fai a saperlo fratella? C'eri anche tu al parcheggio?

DOTTORESSA – No, me l'hai detto tu!

JONNY – Vabbè, ci ritorno a Barcellona, mi piace... sempre meglio Barcellona di dove sono stato l'anno scorso. Oh! Me ne avevano parlato bene, arrivo lì, due giorni d'immersioni e non ho visto neanche un pesce... non ci vado più all'Aquafan!

Epilogo

Start REC. Caso 2009 – "JONNY GROOVE"
Parla Giovanni Vernia

GIOVANNI – Buongiorno dottoressa, ho una sorpresa per lei!

DOTTORESSA – No, Giovanni siediti, ho bisogno di parlarti.

GIOVANNI – Sì, certo. Anzi, ho una mezza sorpresa: ho trovato il certificato di nascita, però solo il mio. Quello di Jonny non si trova! Incredibile. Ogni volta che si ha a che fare con gli uffici pubblici è sempre la stessa storia!

DOTTORESSA – Sì, ma non ti preoccupare. Fammi parlare Giovanni, è importante.

GIOVANNI – Dottoressa, non ha capito: le ho portato il certificato di nascita e, incredibile, non so come, quello di Jonny non riescono a trovarlo!

DOTTORESSA – Ma lascia stare il certificato di nascita, non è importante!

GIOVANNI – Ma come non è importante? Sono due mesi che mi rompe le palle, scusi l'espressione, per questi benedetti certificati di nascita dicendomi che sono assolutamente importanti e urgenti! Ho girato trenta ospedali, ho fatto chiamare a Roma, sono rimasto in metropolitana con i bufali, e ora mi viene a dire "lascia perdere non è importante?"

DOTTORESSA – Stai calmo Jonny, non ti agitare!

GIOVANNI – Giovanni, con due "n". Mi chiamo Giovanni!

DOTTORESSA – Se stai calmo ti spiego tutto! Ho ascoltato e riascoltato tutte le registrazioni delle nostre sedute: hai cominciato a raccontarmi la tua storia esclamando "Nuooo, disastro" ti ricordi?

GIOVANNI – No!

DOTTORESSA – Ecco: appunto. Poi ho rivisto le pagelle. Tu andavi male nelle materie in cui tuo fratello andava bene e viceversa.

GIOVANNI – Lo so, e di questo ne sono orgoglioso!

DOTTORESSA – E poi i disegni uguali, seppur diversi. Hai continuato a essere chiarissimo nei tuoi discorsi anche se ogni tanto ti usciva "vabbè" e "due ore così".

GIOVANNI – Cosa vuole dire? Che parlo come mio fratello?

DOTTORESSA – Aspetta, fammi finire. Poi quella telefonata!

GIOVANNI – Quale telefonata?

DOTTORESSA – Ti ricordi che mi è arrivata una telefonata da parte di Jonny, mentre tu stavi spostando la macchina?

GIOVANNI – Sì mi ricordo, ha chiamato anche me pensando che fosse "Lalampada" come la chiama lui e invece aveva sbagliato numero.

DOTTORESSA – No Giovanni, non è andata così. Quella telefonata non c'è mai stata.

GIOVANNI – In che senso?

DOTTORESSA – O meglio: non ti ha telefonato nessuno. Ti sei chiamato da solo, Giovanni.

GIOVANNI – Basta! Non posso andare oltre ad ascoltare queste idiozie. Me ne vado.

DOTTORESSA – Giovanni, siediti! Fammi finire! È tutto registrato. Giovanni, tu sei stato in America.

GIOVANNI – Lo so, gliel'ho raccontato io!

DOTTORESSA – Tuo fratello è stato in America.

GIOVANNI – Non me ne può fregare di meno!

DOTTORESSA – A te piace la pizza margherita, a tuo fratello piace la pizza margherita

GIOVANNI – Cos'è, il festival delle affinità?

DOTTORESSA – Giovanni, sei fidanzato con una ragazza che si chiama Gionnéth.

GIOVANNI – Dottoressa, lo so meglio di lei! Non la pago per farmi dire le cose che so!

DOTTORESSA – Gionnéth è l'anagramma di One Night, la fidanzata di Jonny! E anche lei, come One Night con tuo fratello...

GIOVANNI – Non me l'ha mai data.

DOTTORESSA – Sì, il concetto è quello.

GIOVANNI – Ma che c'entra questo? Non ho ancora molto tempo da dedicarle: vuole cortesemente sputare il... il... il...

DOTTORESSA – Rospo, Giovanni!

GIOVANNI – Vabbè quello che deve sputare lo sputi...

DOTTORESSA – Giovanni, al tuo compleanno tuo fratello non c'era perché non ci poteva essere, all'esame di maturità sei stato bocciato perché non l'hai fatto tu, il tema.

GIOVANNI – Ma che sta dicendo?

DOTTORESSA – Non esiste nessun fratello gemello e questa tua ecografia ne è la prova!

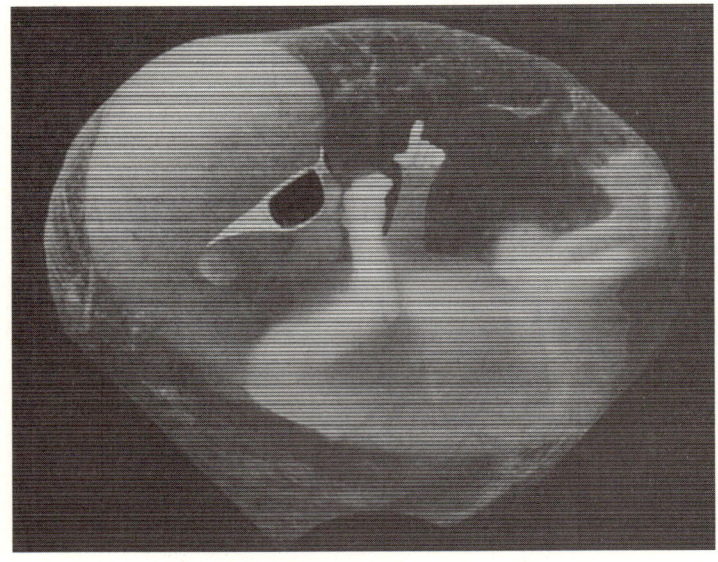

DOTTORESSA – Giovanni, Jonny Groove sei tu!

GIOVANNI – No!

DOTTORESSA – Sì!

GIOVANNI – Noo!

DOTTORESSA – Sì!

GIOVANNI – Nooo!

DOTTORESSA – Ti dico di sì!

JONNY – Nuooo! Ho lasciato gli occhiali al Gilez!

Ringrazio tutti quelli che mi stanno supportando e anche quelli che mi stanno sopportando. Grazie a voi la mia vita, nel suo piccolo, è diventata grande.